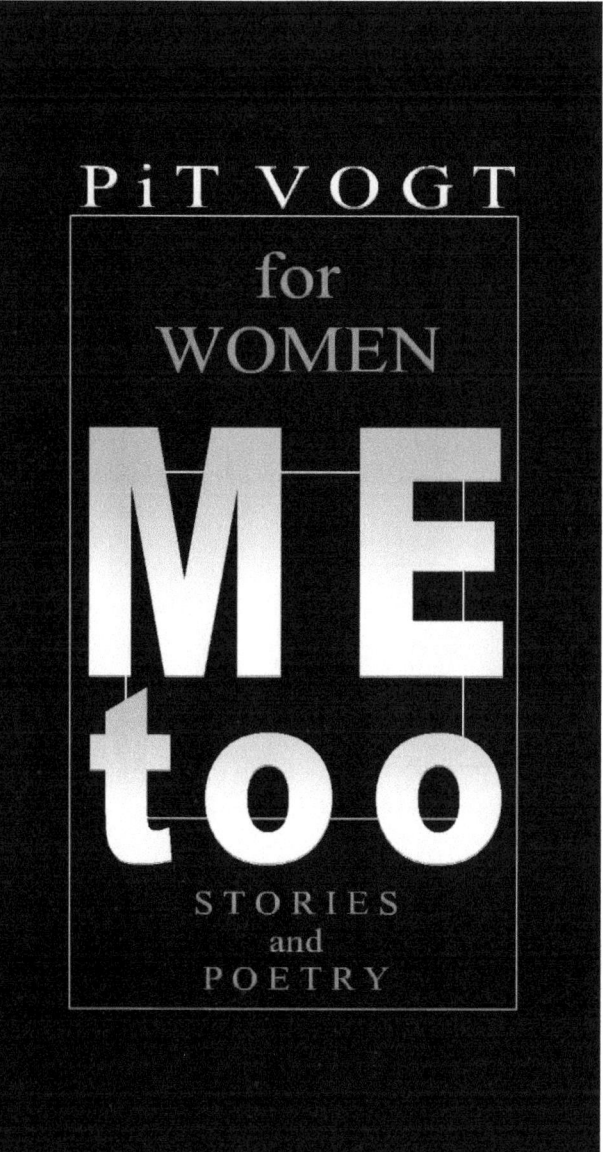

PiT VOGT

for
WOMEN

ME
too

STORIES
and
POETRY

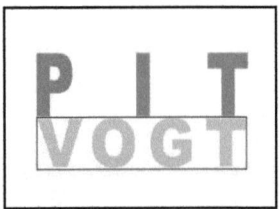

Idee, Design & Layout: P I T

Alle Gedichte und Geschichten sind frei erfunden.
Ähnlichkeiten sind rein zufällig und nicht beabsichtigt.

Impressum

Herstellung und Verlag:
BoD - Books on Demand, Norderstedt
ISBN 978-3-7347-7283-2

© 2018

5

Irgendwo

Irgendwo in dieser Stadt
Dort, wo keiner Namen hat
Fand ich dich am Rand der Zeit
Warst zu schnellem Sex bereit
Dort, am Ende aller Zeit
Irgendwo in dieser Stadt

Warfst dir harte Drogen ein
Bloß nichts fühln
Das muss so sein
Träume, Liebe gibt's hier nicht
Niemand schaut dir ins Gesicht
Traum und Hoffnung gibt's hier nicht
Selbst das Bier ist selten rein

Tränen netzten deinen Blick
Wolltest Freiheit, nur ein Stück
Irgendwo in dieser Stadt
Wo kein Mensch mehr Namen hat,
Bliebst du hungrig
Warst nicht satt
Sehnsucht netzte deinen Blick

Als ich ging, bliebst du zurück
Bliebst im Schatten, ohne Glück
Irgendwo im Hinterhaus
stirbt so manche graue Maus
Dort hälts keiner lange aus
Kann man leben ohne Glück

Und schon bald fuhr ich nach Haus
Hier sieht alles anders aus
Trank den Sekt, so gegen Vier
War doch noch so nah bei dir
Schloss die dicke Eingangstür
Weit entfernt vom Hinterhaus

Die Angestellte

Es war ein Morgen, irgendwann
Der Kaffee schmeckte schlecht, so schlecht
Noch schnell ein Küsschen für den Mann
An diesem Morgen, irgendwann
Sie macht' es allen immer recht

An jenem Tag, als Regen fiel,
War's trübe noch und seltsam lau
Ihr Job war hart, kein leichtes Spiel
Der Tag war grau und Regen fiel
Sie war 'ne starke schwache Frau

Sie sah das Elend vis-à-vis
Und mancher Fall wog tonnenschwer
Sie hielt es durch, wohl irgendwie
Sie sah manch Trauer vis-à-vis
Doch auch sie selbst schien müd und leer

Vorm Spiegel in der Pause dann,
Da sah sie sich und weinte leis
Ein Handyklingeln – wohl der Mann
Vorm Spiegel jetzt – minutenlang
Und irgendwo zerschmolz das Eis

Was, wenn sie einfach wortlos ging
Dorthin, wo alles Glück vielleicht
Dorthin, wo aller Segen hing
Wer fragt, wenn sie jetzt einfach ging
Ob's für das Leben dann noch reicht

Sie schloss die Augen, hielt sich fest
Sie wankte hin und wieder her
Was, wenn man sich mal treiben lässt
Sie hielt am Waschbecken sich fest
Im Leben geht so manches quer

Was für ein schöner ferner Traum
Sie wischte sich die Tränen fort
Mit Seife und mit reichlich Schaum
Wusch sie sich ab, den großen Traum
Man rief nach ihr, mit lautem Wort

Und lächelnd lief sie schnell zurück
Ein neuer Kunde wollte Rat
Wo liegt des Lebens größtes Glück
Sie lief nur ins Büro zurück
Und tat, was sie sonst immer tat

Sie sagte „Ja", sie sagte „Nein"
Der Arbeitstag ging schnell vorbei
So musste es wohl immer sein
Ein Leben zwischen Ja und Nein
Ihr Mann kam heim, so gegen 3

Die Fee

Von fern spielt eine Melodie
Und irgendwo, da sah ich sie
Ein Zauber drang ins Herze mir
Am Weihnachtsabend, gegen 4

Vom Schnee verweht ihr Angesicht
Sie tanzte leicht im Kerzenlicht
Ihr weißes Kleid
Ein Sternenmeer
Und Glück und Friede um uns her

So leicht erschien mir da die Welt
Ganz ohne Leid und Hass und Geld
Ihr Lächeln schien fern aller Zeit
Mein Aug von Tränen längt befreit

Sie flog davon
Sie blieb nicht hier
Am Weihnachtsabend, gegen 4
So etwas Schönes sah ich nie
Mir blieb die ferne Melodie

Mona Lisa

Was für ein göttliches Gesicht
So wunderschön
Ich kann mich gar nicht satter sehn
Und dieses Lächeln,
Welch wundervoller Schein
Dies kann fürwahr ein Traum nur sein

Mir ist, als sei im Himmel ich
So meisterlich
Dies unbeschreiblich Wesen
Nein, etwas Schöneres gibt's wohl nicht
Dies zauberhafte
Angesicht

Bleibt mir vielleicht für immer
In den Träumen
Und auf die Knie sink ich vor Dir

Am Ende allen Seins mit Dir
Und jenseits doch
Ein märchenhafter Schimmer

Für einen Star

Ein Film, ein Mensch, ein Angesicht
Sie ist ein Star und sieht gut aus
Sie scheint so stolz und steht im Licht
Sie trägt ein Leben im Gesicht
Man kennt sie in fast jedem Haus

Sie lacht und weint – ihr Film ist gut
Ich seh sie gern zu jeder Zeit
Und wenn sie spielt mit heißem Blut,
Fühlt sich auch meine Seele gut
Ihr Spiel hat mich schon oft befreit

Doch wenn sie dann nach Hause geht,
So fern von Film und Bühnenschau,
Wer fragt, ob man sie dort versteht
Wer sagt ihr, wies wohl weitergeht
Ist sie zu Haus noch stark und schlau

Vielleicht rinnt in so mancher Stund
Ein Tränenmeer ins Taschentuch
Vielleicht liegt auch die Seel mal wund
Vielleicht läuft manchmal gar nichts rund
Erreicht auch sie manch bittrer Fluch

Ich weiß es nicht und freu mich sehr
Denn sie ist da und spielt für mich
Manch Schweres scheint nur halb so schwer
Sie ist ein Star, ich freu mich sehr
Ein Film, ein Mensch, ein Angesicht

Die Partisanin

Ein Grabmal, irgendwo, weit fort
Es ist kein sehr bekannter Ort
Die junge Frau starb hier im Krieg
Ihr Grabstein nur als Mahnung blieb

Sie war noch jung und sie war schön
Doch musste sie so früh schon gehn
Im Kugelhagel, dort am Feld,
Hat sie gekämpft für unsre Welt

In einem Himmelsbataillon,
Da rächte sie manch' toten Sohn
Sie setzte Mut und Leben ein
Und wollt doch nie Soldatin sein

Die Schüsse sind längst schon verhallt
Und damals wars in Russland kalt
So viele blieben irgendwo
Im Vaterland, im Nirgendwo

Ich schau den Grabstein lange an
Hat einst getrauert hier ein Mann
Hat irgendwo im Taiga-Wind
Geweint die Mutter um ihr Kind

Erfahren wird das keiner mehr
Nur die Geschichte wiegt so schwer
Und schweigend leg ich Blumen ab
An diesem einsam, fernen Grab

All jene Frauen in der Erd,
Sie klagen an, vom Blut beschwert
Nein, niemals ist die Schuld vorbei
Ich fühl mich schlecht- doch ich bin frei

So zieh voll Trauer ich nun fort
Von diesem unbekannten Ort
Die Partisanin starb im Krieg
Ihr Grabstein mir als Mahnung blieb

In stillem Gedenken an
Soja Anatoljewna Kosmodemjanskaja

Das Wichtigste auf dieser Welt
Ist stets das Leben und die Kraft
Ist Hoffnung, die uns sicher hält
Und Liebe, die uns leidend macht

Mein schönstes Geschenk
Bekenntnisse der Ingeburg V.

Es war im Sommer 69. Ich lebte von meinem Mann getrennt, er arbeitete im Ausland, ziemlich weit weg. Sicher, es war schwer, den Jungen allein groß zu ziehen. Ich arbeitete damals in Chemnitz als Säuglings- und Kinderkrankenschwester in drei Schichten. Auch wenn wenig Zeit blieb, unternahm ich so oft ich konnte etwas mit meinem Sohn.

Stundenlang gingen wir spazieren. Als ich ihm das lang ersehnte Fahrrad schenkte, konnte er unterwegs sein und mit seinen Freunden baden fahren. Meine Mutter half mir in dieser schweren Zeit wo sie nur konnte. Mit vereinter Kraft kamen wir über die Runden. Und obwohl die damalige DDR viel für junge Mütter tat, musste man doch zusehen, wie man die Dinge unter einen Hut bekam. In diesem Sommer jedenfalls war es besonders schön.

Es war ein wunderschöner Sommer am Meer. Ein FDGB-Ferienplatz, der kaum Wünsche offenließ. Meinem Sohn gefiel es am Meer. Er war und ist eine regelrechte Wasserratte. Doch bereits auf der Heimreise hatte ich immer wieder diese bohrenden Schmerzen im Oberbauch. Ich konnte es mir einfach nicht erklären. All diese wundervollen Tage am Meer. Die Wanderungen, das Schwimmen – ich hatte nie etwas bemerkt. Und nun? Pit, mein damals achtjähriger Sohn durfte nichts von alledem mitbekommen. Darauf achtete ich sehr. Doch in der Nacht, als wir im Schlafwagen in die Heimat zurückfuhren, konnte ich vor Schmerzen kein Auge zu tun. Nervös lief ich den langen Gang vor dem Abteil auf und ab. Der Schaffner fragte mich, ob er mir helfen könnte. Doch ich winkte nur ab und zwang mir dabei ein verkrampftes Lächeln aufs Gesicht. Irgendwie musste es gehen! Natürlich fielen mir seine besorgten Blicke auf. Wieder und wieder kam er aus seinem Dienstabteil und rollte bedenklich mit den Augen.

Am nächsten Morgen, längst hatte ich den Frühstücksbeutel aus der Reisetasche gekramt und die Thermoskanne mit Früchtetee auf die Ablage unterm Fenster abgestellt, weckte ich meinen Sohn. Verschlafen schaute er mich an. *„Wir sind bald da. Komm, Du musst noch etwas frühstücken"*, sagte ich leise. Die Schmerzen hatten merkwürdigerweise etwas nachgelassen. Auf dem Chemnitzer Hauptbahnhof half mir der Schaffner aufopferungsvoll, die schweren Koffer aus dem Abteil zu tragen.

„Kann ich sonst noch was für Sie tun, junge Frau", meinte er nur. Ich verneinte.
„Na denn, kommen Sie gut heim."

Pit sprang schon übermütig auf dem Bahnsteig herum und zählte die einfahrenden

Züge. Ich war glücklich, ihm wieder einen schönen Urlaub ermöglicht zu haben. Doch plötzlich kehrten die Schmerzen zurück. Sie wurden stärker und stärker. Zeitweise wurde mir so schlecht, dass ich die Koffer absetzen musste, um tief durch zu atmen. Und da waren auch diese quälenden Ängste. Was, wenn ich nicht mehr in der Lage wäre, mich um meinen Sohn zu kümmern. Was, wenn ich plötzlich … Ich konnte diesen Gedanken nicht zu Ende denken, denn ich spürte bereits, wie die ersten Tränen aus den Augen rannen. Hastig zog ich ein Zellstofftaschentuch aus der Tasche und wischte mir heimlich die Augen trocken. Hoffentlich hatte Pit nichts bemerkt. Doch der schien bester Laune und hatte bereits einen kleinen Eisstand im Visier.

„Nur nicht an die Schmerzen denken", zwang ich mich, *„Du musst Deinen Jungen groß bekommen! Du hast für ihn da zu sein! Du musst!"*

Die Bahnfahrt bis in unsere kleine Stadt schien sich mein Körper an die drastischen Befehle zu halten. Doch als wir endlich daheim auf dem kleinen Bahnhof ankamen, hielt ich es vor Schmerzen einfach nicht mehr aus. Ich drückte Pit zwanzig Pfennig in die Hand und bat ihn, bei Evi und Kurt, meiner Schwester und meinem Schwager, anzurufen. Sie besaßen ein Fahrzeug und sollten uns vom Bahnhof abholen. Es dauerte nicht lange bis sie kamen. Sie bemerkten sofort, dass mit mir etwas nicht stimmte. Ich wollte es ihnen erklären. Doch dazu kam ich

18

nicht mehr. Mir wurde übel und taumelig. Ich spürte, wie ein leichtes Taubheitsgefühl durch meine Gliedmaßen fuhr und mir die Kräfte nahm. Große Angst machte sich breit, vor allem die Angst um meinen Sohn. Was sollte nur aus ihm werden, wenn ich kein Geld mehr verdienen konnte? Niemals wollte ich ihn in irgendein Heim geben. Ich musste doch für ihn da sein. Evi rief den Notarzt an. Frau Dr. Müller kam sofort. Sie war eine gute Freundin und ihre Praxis lag nicht sehr weit entfernt. *Wenigstens kein fremder Arzt,* dachte ich nur.

Plötzlich bekam ich keine Luft mehr! Ich röchelte nur noch und ein schneidender Schmerz zuckte durch meinen Leib. Die Sinne schwanden mir, ich fiel und fiel, endlos tief …

Ich sah viele Etappen meines Lebens an mir vorüberziehen, sah die Geburt meines Sohnes. Und am Ende eines seltsamen Tunnels sah ich ein weißes, warmes, wunderbares Licht.

Rasch kam es näher. Alle Schmerzen vergingen und mir wurde leicht, so unendlich leicht. Unter mir breitete sich die Erde aus, eine Szenerie wie in einem Science-Fiction-Film. Ich sah, wie sich Ärzte über eine leblose Frau beugten, wie die Frau beatmet wurde, wie ein kleiner Junge weggeführt wurde. Ich wusste damals nicht, dass ich mich selber sah.

Das weiße Licht war plötzlich so nah, dass ich es beinahe greifen konnte. Da flackerte plötzlich ein greller Blitz auf und abrupt wurde es schwarz um mich herum!

Nur eine leise Stimme sang aus der Ferne:

Oh Du wundervolles Leben, Du
Gabst mir viel, doch niemals Ruh
Gabst mir meinen lieben Sohn
Gabst mir Kraft als schönsten Lohn

Oh Du wundervolles Leben, ach
Halte meine Sinne wach
Denn mein Sohn braucht mich so sehr
Lass nicht zu, dass ich verlier

Wenn's Dich gibt, Du lieber Gott,
mach gesund mich, mach mich flott
Meine Zeit, ich spüre es,
ist nicht um, muss leben jetzt

Als ich erwachte, fiel mein Blick auf ein kleines geöffnetes Fenster gegenüber von meinem Bett. Ich versuchte, mich aufzurichten, doch es gelang mir nicht. Kraftlos fiel ich in die weißen Kissen zurück. Ich riss die Augen auf, wollte irgendetwas sehen, doch ich war einfach zu müde. Immer wieder fielen mir die scheinbar schweren Augenlider zu. Aus der Ferne vernahm ich eine Stimme. Sie rief fortwährend meinen Namen: *„Hallo Frau Vogt, aufwachen! Frau Vogt, hören Sie mich?"*

Mühsam gelang es mir endlich, meine Augen einen winzigen Spalt zu öffnen. Schemenhaft erkannte ich weit über mir das Gesicht einer jungen Frau. Ihre dunklen Haare hoben sich unnatürlich grell von ihrer weißen Bekleidung ab. Sie lächelte mich an. Ich glaubte, im Himmel angekommen zu sein. War das ein Engel?

„Wo bin ich", hörte ich mich wispern. Mit beruhigender Stimme sagte die junge Frau: *„Sie sind im Krankenhaus. Und Sie haben die Operation gut überstanden, ich bin Schwester Ina."*

Ungläubig starrte ich die Schwester an. Ich glaubte wohl noch immer, im Himmel zu sein. Doch so langsam kehrten die Erinnerungen zurück. Und seltsam verwirrt säuselte ich: *„Operation? Was für eine Operation? Und wo ist mein Sohn?"*

Ich erholte mich schnell. Pit war bei meiner Mutter, die sich rührend um ihn kümmerte. Später erfuhr ich, dass ich zusammengebrochen war. Die Ärztin brachte mich umgehend ins Krankenhaus. Dort wurde mir die Gallenblase entfernt. Außerdem diagnostizierte man eine Entzündung der Bauchspeicheldrüse bei mir. Der behandelnde Arzt offerierte mir, dass dieses Leiden nicht besser werden würde. Im Gegenteil, ich müsste nun erstrecht sehr stark auf meine Gesundheit achten. Ich durfte nicht mehr alles essen und brauchte etliche Medikamente. Insgesamt sechs Wochen lag ich im Krankenhaus. Nur an den Besuchstagen sah ich meinen Sohn, den meine Mutter jedes Mal mitbrachte. Es brach mir damals fast das Herz, ihn so traurig zu sehen. Evi und Kurt brachten mir alle drei Tage frisches Obst, obwohl ich es eigentlich noch gar nicht essen durfte. Alle waren sehr bemüht und sorgten sich sehr. Doch es wollte einfach nicht aufwärts gehen mit mir. Eines Nachts starb Irene, mit der ich all die lange Zeit im Zimmer lag. Sie litt an der gleichen Krankheit. Ihre Bauchspeicheldrüse hatte einfach aufgehört zu funktionieren. Ich mochte sie sehr, und dieses Erlebnis brachte mich beinahe an den Rand der Verzweiflung. Es warf mich um Wochen zurück. Ich weinte sehr viel in dieser Zeit.

Manchmal hörte ich meinen Sohn, wie er vor dem Fenster meines Krankenzimmers stand und nach mir rief: *„Hallo Mami, bist Du da? Wie geht's Dir?"*

Ich schleppte mich dann zum Fenster, nur um ihn zu sehen. Das gab mir wieder die nötige Kraft, um weiter durchzuhalten. Denn oft wusste ich nicht, wie lange ich all das noch ertragen könnte. In einer der folgenden Nächte wurde ich von einem lauten Geräusch aus meinem leichten Schlaf gerissen. Es musste von draußen kommen. Ich hob mich umständlich aus dem Bett und wankte zum Fenster. Draußen fielen dicke Flocken vom Himmel und vor dem Haus stand eine sehr hohe Tanne. Ihre Zweige wurden vom Wind immer wieder an die Scheiben geweht. Ich legte mich zurück ins Bett, wollte weiterschlafen. Da fiel plötzlich ein helles Licht, welches über der Tanne zu schweben schien, auf mein Bett. Ich erschrak, dachte im ersten Moment, jemand würde mit einer Taschenlampe vor meinem Fenster herumspielen. Doch wer sollte um diese

Zeit mit einer Taschenlampe in ein Krankenzimmer leuchten? Irritiert blinzelte ich in den Lichtstrahl hinein. Doch so sehr ich mich auch mühte, ich konnte nicht erkennen, woher es wirklich kam. Mir blieb nichts weiter übrig, als noch einmal aufzustehen und den Vorhang herüber zu ziehen. Dann würde ich wenigstens nicht mehr so geblendet.

Als ich am Fenster stand, schaute ich noch einmal hinauf zu dem mysteriösen Licht. Es kam geradewegs aus den Wolken. Mit ganzer Kraft traf mich der vermeintliche Lichtkegel. Doch was war das? Obwohl es recht kühl im Zimmer war, wurde mir plötzlich warm, angenehm warm. Wie genannt starrte ich in das Licht. Es wurde nicht nur wärmer. Auch fühlte ich mich in diesem Augenblick stark, so stark wie nie vorher. Wie kam das nur? Instinktiv faltete ich meine Hände und sprach ein Gebet. Dabei dachte ich immerzu an meinen Sohn, der jetzt vielleicht schlaflos in seinem Bettchen lag und an seine Mami dachte.

Plötzlich verlosch das Licht. Ich wollte noch eine Weile am Fenster bleiben, vielleicht kehrte es ja zurück. Doch die Kälte zwang mich schließlich, mich wieder ins Bett zurück zu legen. In dieser Nacht hatte ich einen seltsamen Traum- ich sah mich, wie ich plötzlich aus mir selbst emporwuchs. Ich sah mich mit meinem Sohn und meiner Familie unterm Tannenbaum sitzen. Wir umarmten uns und feierten Weihnachten. Es war ein wunderschöner Traum. Alles schien so real. Ich glaubte, alles würde wirklich geschehen, ich hoffte es so sehr.

In den folgenden Tagen besserte sich mein Zustand zusehends. Schließlich konnte ich aus dem Krankenhaus entlassen werden. Mein Sohn und meine Mutter holten mich ab. Weinend fielen wir uns in die Arme. All die schwere Zeit, all das Leid schienen wie weggefegt. Und mir wurde mein sehnlichster Wunsch erfüllt: Ich durfte meinen Sohn wieder an mein Herz drücken. Ich durfte mit ihm sprechen und ihn streicheln, so wie früher. Auch mein Arzt kam aus dem Staunen nicht mehr heraus. Er gestand mir, so etwas noch nie erlebt zu haben. Und ich konnte mein Glück einfach nicht fassen.

Was ist´s nur für Freude - ach, was für ein Tag
Kann´s nicht beschreiben, was ich auch sag
Zu spüren, zu fühlen, es geht wieder gut
Die Lieben zu sehen, das macht so viel Mut

Die Nächte, die Sorgen – sind endlich vorbei
Im Herz, in der Seele bin ich wieder frei
Ich wollt nur noch weinen vor Freud und vor Glück
Voll Dank kann ich sagen:
„Ins Leben zurück"

Am Heiligabend desselben Jahres war ich wieder zu Hause. Ich besorgte eine wunderschöne Kiefer. Und wie an jedem Weihnachtsfest putzten mein Sohn und ich den Baum einen Tag vor dem Fest an. Am Heiligen

Abend waren wir dann alle zusammen. Es war mein schönstes Geschenk, wieder gesund geworden zu sein. Es war das allerschönste Geschenk, zusammen mit meinem Sohn und mit meiner Familie das Weihnachtsfest erleben zu können. Von dem seltsamen Erlebnis mit dem Licht hatte ich niemandem erzählt. Es blieb mein Geheimnis. War es das Licht oder meine eigene Kraft, die mich so stark werden ließ? Ich denke, es war wohl beides zusammen.

In den folgenden Nächten beobachtete ich eine helle Sternschnuppe, die zwischen all den Myriaden von Sternen und unzähligen Wünschen der Menschen geheimnisvoll über das Dach unseres Hauses huschte und mir sagte, Du bist stark und wirst es schaffen!

Zeit

Die Zeit lässt manchmal uns zurück
Sie schlägt uns nieder, gnadenlos
Doch geht sie weiter Stück um Stück
Und manchmal lässt sie uns zurück
Und trägt uns doch in ihrem Schoß

Sie klärt nicht auf und ordnet nicht
Sie trennt so viele einfach so
Sie schaut nur zu, wenn was zerbricht
Ist gnadenlos und rettet nicht
Sie macht uns traurig und auch froh

Doch ist sie auch der Ruhe gleich
Und lässt uns Raum zum Neubeginn
Durch sie sind manche Träume reich
Die Zeit bleibt immer wieder gleich
Nur wir verleihen ihr den Sinn

Sie gibt uns eine neue Chance
Denn sie ist da und bleibt nie stehn
Sie gibt dem Leben die Balance,
Wir brauchen alle eine Chance
Die Zeit lässt Altes bald vergehn

So freu ich mich als Kind der Zeit,
Dass ich es selbst entscheiden kann
Ich zieh durch Glück und auch durch Leid
Und zieh gelassen durch die Zeit
Ich pack mein Leben, irgendwann

Eine Weihnachtsgeschichte

Ein Weihnachtsabend gegen 3
Das junge Paar sitzt unterm Baum
Ein kleines Kind ist auch dabei
Es ist an Weihnacht gegen 3
Was für ein schöner Weihnachtstraum

Gleich gibt's Geschenke reichlich, satt
Das Kind, gespannt, ist voll von Glück
Der Weihnachtsmann kommt in die Stadt
Und bringt Geschenke, reichlich, satt
Und Papa kennt den Weihnachtstrick

Er geht hinaus und lächelt leis
Und sagt noch schnell – gleich ist's soweit
Die Spannung steigt, dem Kind wird's heiß
Der Papa lächelt nur ganz leis
Und so vergeht die Stund, die Zeit

Die Mutter nimmt das Kind zu sich
Und streichelt sacht ihm übers Haar
„Wo bleibt der Papa", fragt sie sich
Und nimmt das Kind ganz sacht zu sich
Der Weihnachtsmann ist noch nicht da

Der Abend geht, längst schläft das Kind
Es hat nach Papa kurz gefragt
Vorm Hause streicht ein eisig´ Wind
Die Mutter bracht ins Bett das Kind
Und hofft am Fenster voller Klag

Wo bleibt der Papa, wo der Mann
Warum in dieser Weihnachtsnacht
Lang schaut im Spiegel sie sich an
Wo bleibt nur unser Weihnachtsmann
Hat der sich aus dem Staub gemacht

Am nächsten Morgen klingelts früh
Zwei Polizisten stehn vorm Haus
Sie stelln sich vor und fragen sie
Für manche Nachricht ist´s zu früh
So sieht kein Weihnachtsmorgen aus

Man fand den Wagen irgendwo,
Zerschellt an einer Häuserwand
Da war das Glatteis, einfach so,
In einer Straße, irgendwo
Den Toten man erst morgens fand

Die Polizisten gehen schnell
Nach Haus, wo Weihnachtsmusik singt
An jenem Morgen wird´s nicht hell
Und mancher Tod kommt eben schnell
Manch´ Papa nie Geschenke bringt

Das Kind erwacht so gegen 10
Und fragt nach seinem Papa bald
Die Mutter bleibt im Zimmer stehn
Es ist an Weihnacht, früh um 10
Und in der Wohnung ist´s so kalt

Sie nimmt das Kind in ihren Arm
Und drückt es fest ans Mutterherz
Wolln wir zum Weihnachtsmann jetzt fahrn
Sie hält das Kind ganz fest im Arm
Und schluckt hinunter ihren Schmerz

Und alle Fragen bleiben fort
Es gibt auch keine Fragen mehr
Wo gestern noch ein schöner Ort,
bleibt aller Weihnachtszauber fort
Der Weihnachtsmann kommt nimmer mehr

Sie steigt ins Auto mit dem Kind
„Komm lass nach Papa uns jetzt schaun"
Es weht nur eisig kalt ein Wind
Sie fährt davon mit ihrem Kind
Auch draußen steht manch´ Weihnachtsbaum

Man sieht sie rasen übers Land
Es fällt der Schnee so weiß und dicht
Sie nimmt das Kind fest an die Hand
Es ist doch Weihnachten im Land
Die nächste Kurve sieht sie nicht

Dann ward es still – kein Schnee, kein Wind
Nur einsam steht ein Weihnachtsbaum
Sie stieg ins Auto mit dem Kind
Sie wollt zum Weihnachtsmann geschwind
Nur einmal noch den Weihnachtstraum

Ach, irgendwo zur Weihnachtszeit,
Da wartet manches Kind verzückt
Auf Papa mit dem Weihnachtskleid
Am Himmel hoch zur Weihnachtszeit
Funkeln drei Sterne voller Glück

Alte Frau

Sie denkt sehr selten nur an Morgen
Die alte Frau ist ohne Sorgen
Sitzt auf der Bank, vorm Haus, im Tal
Und es ist Frühling
Wiedermal

Im Sommer ziehts die Frau zum Garten
Sie will jetzt nicht mehr länger warten
Die Rosen und die Nelken blühn
Sie will nochmal im Tanz sich drehn

Der Herbst zieht ein
Die Blätter fallen
Auch Vogelstimmen kaum noch hallen
Die alte Frau ruht sich nun aus
Und Nebel ziehen um ihr Haus

Die alte Frau ist alt geworden
Und jenes Jahr scheint fast gestorben
Der Winter längst am Fenster leckt
Die Bank vorm Haus
Von Schnee bedeckt

Der letzte Sommer

Als hell die Sonn erstrahlte,
Sah sie ins Himmelblau
Der Tag ihr Lächeln malte
In jener Sonn, die strahlte
Die schöne starke Frau

Mit Schmerzen, kaum erträglich,
Ging täglich sie hinaus
Der Sommer war so herrlich
Die Schmerzen unerträglich
So einsam stand ihr Haus

Am See unter den Bäumen
Lag sie so oft und gern
Sie gab sich hin den Träumen
Am See, unter den Bäumen,
Bis abends kam manch´ Stern

Ein Herbst zog auf von Norden
Mit Stürmen, nass und kalt
Sie ist so sanft gestorben
Es kam ein Herbst von Norden
Sie wurde nicht sehr alt

Es ist so ruhig geworden
Im Haus am See, beim Wald
Und wie an jedem Morgen,
Wo es so ruhig geworden,
Die schönste Sonne strahlt

Von ihr ist nichts geblieben
Und doch scheint sie nicht fort
Ich wollt sie ewig lieben
Doch ist mir nichts geblieben
An diesem schönen Ort

Ich seh noch heut ihr Lachen,
Als Sommer ward im Land
Und fahr in einem Nachen,
So fern von ihrem Lachen,
Am Ufer leis entlang

Es war ihr letzter Sommer
Ob sie mich hört und sieht
Mir scheint der ferne Donner
In jenem letzten Sommer
Um Antwort fast bemüht

In Samt und auch in Seide
Sang sie so gern vom Glück
So schwebt über der Heide,
In Samt und auch in Seide,
Noch heut vom Lied ein Stück

Der Schnee deckt zu die Wipfel
Und kahl liegt Wies und Feld
Und übern steilen Gipfel,
Fliegt Schnee über die Wipfel
Und ich zieh in die Welt

An die Eltern

Manchmal gehn die Gedanken
Nach Haus, ins gute Heim
Seh all die schönen Jahre
Und manche schlimmen Tage
Wollt wieder Kind dann sein

Als ich mit Mutter rannte
Durchs Tal zum Wald am Fluss
Mit Maiglöckchen im Regen
Am Ostseestrand gelegen
Am Abend manchen Kuss

Die längsten Fahrradtouren
Vom Berg bis quer durchs Feld
In den Ballon gepustet
Beim Sportfest fast verdurstet
Am Schießstand ohne Geld

Kind bin ich stets geblieben
Die Zeit verging zu schnell
Geträumt bis zu den Sternen
Dann wieder fahrn und schwärmen
Im Kettenkarussell

Die wilden Jugendjahre
Mit bester Note: 2
Kaum war ich zu belehren
Ich wollt mich ständig wehren
Blieb weg bis nachts um 3

So manches, das ich suchte,
Im Streit und auch in Wut,
Das wollte ich nie sagen
War froh, dass wir uns hatten
Ihr seid mir beide gut

Hab oftmals nicht verstanden,
Dass Vieles nicht so bleibt
Dann triebs mich in die Fremde
In keine guten Hände
Und wieder starb die Zeit

Bin doch zurückgekommen
In Mutters warmen Schoß
Uns hat so viel verbunden
In jenen schweren Stunden
Dort stand mein weißes Schloss

Hätt ich es nur gesehen,
Wie sie verging, die Zeit
Als ich sie dumm verschenkte
Was wars nur, das mich lenkte,
Durch all die Dunkelheit

Ich bin da raus gekommen-
Von Euch hab ich die Kraft
Doch wiegt so schwer das Alte
Noch oft spür ich die Spalte,
Die durch mein Leben klafft

Was ist mir heut geblieben
Nach all dem Sturm der Zeit
Wohl ist's nicht Geld, Karriere
Vielmehr doch Glück und Ehre
Ich habe mich befreit

Es ist so schön zu wissen,
Dass einsam ich nicht bin
Ihr seid mir stets geblieben
Und als ich's aufgeschrieben,
Erkannte ich den Sinn

Denn all das war mein Leben,
Das Böse und der Schein,
Das Auf und auch das Nieder
So manche Liebeslieder
Und mache Stund beim Wein

Nein, gar nichts will ich missen,
Weil all das Ich stets war
Ein Mensch mit seinen Träumen
Nie wollt ich was versäumen
Mit Euch, ganz wunderbar

Wiedersehen

Nach zwanzig Jahrn sah ich sie wieder
Ich hätt sie beinah nicht erkannt
Ich sah sie an, hört' unsre Lieder
Vor zwanzig Jahrn im Wunderland

An jenem Strand, auf fernen Meeren
Entbrannte unsre Liebe heiß
Spürt' ihren Blick, den sanften, leeren
Hör ihre Stimme noch ganz leis

Da war so viel, was uns verbunden
So manche Nacht, so manche Zeit
Wir hatten dort die schönsten Stunden
Erinnerungen, die so weit

Ich wollte weinen, lachen, fliehen
An jedem Tag, der neu begann
Wär auf der Insel gern geblieben
Dort, wo wir endlos glücklich warn

Aus uns sind Fremde wohl geworden
Das Meer spült die Erinnrung fort
Was ist in mir, in ihr gestorben
Wo blieb der märchenhafte Ort

Spürte beim Abschied ihre Lippen
Im Abendwind, dort, am Gestad
Ein Donner stieg über die Klippen
Und durch mein Herz, das längst erstarrt

Wie Eis schien mir der nächste Morgen
Saß im Hotel noch an der Bar
Im Herze noch die alten Sorgen
Mein Kopf, so schwer und nichts mehr klar

Mein Flieger ging in zwei drei Stunden
Ein letztes Mal triebs mich zum Strand
Doch hab ich sie nicht mehr gefunden
Nur ihre Spur blieb mir im Sand

Viel später, auf der langen Reise,
Las ich den Brief, den sie mir gab
„Ich lieb Dich noch", stand da ganz leise
„Weil ich Dich nie vergessen hab"

Es war vor zwanzig langen Jahren
Jetzt ist mir klar, es ist vorbei
Dort, wo wir einstmals glücklich waren,
Blieb übrig nur ein *„Einerlei"*

Träume der Erinnerung

Schön wars in der großen Stadt
Job, Familie – wunderschön
Dort wo keiner Namen hat,
lebten sie in jener Stadt
So sollts immer weiter gehn

Doch seit kurzem träumte sie
von dem Ort, der endlos weit
Sah die Kirche, Wald und See
Manche Nächte träumte sie
von der fernen Seligkeit

Sie verstand die Zeichen nicht
Doch es zog sie magisch fort
Und sie sah im Traum ein Licht,
hatte Tränen im Gesicht
Wo nur lag dies Land, der Ort

Mehr und mehr wollt sie dorthin
Alles schien ihr so bekannt
Wo nur lag des Traumes Sinn
Warum wollte sie dorthin
In dies wundersame Land

Eines Tages brach sie auf
Nahm die Tasche wie in Trance
Nahm den Abschied selbst in Kauf
Schweigend brach sie einfach auf
War das ihre letzte Chance

Auf dem Weg durch Traum und Zeit
kam nach Irland sie bei Nacht
Lang schien dieser Weg und weit
Irgendwo am Rand der Zeit
wurde sie nach Haus gebracht

In dem kleinen Dorf am Meer
sah es aus wie in dem Traum
Kirche, Wald – sie wollt hierher
In das kleine Dorf am Meer
In das Haus beim Mandelbaum

Nichts war hier wie in der Stadt
Ruhm und Reichtum gabs hier nicht
Wichtig war nicht, was man hat
Wichtig nicht die ferne Stadt
Nur des Mondes fahles Licht

Auf dem kleinen Friedhof dort
stand sie an dem fremden Grab
Hier an diesem stillen Ort
trug sie die Erinnerung fort
Las die Inschrift, die schon matt

Da durchfuhr ein Blitz ihr Hirn
Und sie wusste es genau
Ihre Mutter lag hier drin
Ja, ihr Traum zog sie hierhin,
zu dem Grab der toten Frau

Ja, sie fühlte sich so gut
Goss die Blumen vor dem Stein
Hatte wieder Lebensmut
Denn sie fand ihr eigen Blut
Ihre Seele wurde rein

Plötzlich hörte sie von fern,
wie die Mutter leise sang
„Ach, mein allerliebster Stern,
kamst zu mir, doch ich bin fern.
Kamst zu mir, zum weißen Strand"

Lange saß sie noch am Grab
Und sie küsste sanft den Stein
Dort, wo's keine Zeit mehr gab
Dort an Mutters kleinem Grab,
konnt sie endlich glücklich sein

Als sie wieder heimwärts zog,
war voll Liebe sie und Kraft
Und ein Silberwölkchen flog
übers Meer, auf dem sie zog
Ja, sie hatte es geschafft

Und daheim, dort, in der Stadt
hatte sie den Sinn erkannt
Wer im Herz sein' Mutter hat,
braucht nicht Geld, nicht Ruhm und Stadt
Nur manch' Traum
Und Mutters Hand

Maries Wunder

Marie war vom Hals an gelähmt. Doch keineswegs war sie unglücklich oder gar traurig deswegen. Sie musste diese Krankheit schon seit ihrer Kindheit ertragen und hatte gelernt, damit umzugehen. Sie besaß einen PC, der mit Sprachsteuerung funktionierte und so saß sie von morgens bis nachts am Computer und chattete mit der ganzen Welt. Das machte ihr so großen Spaß, dass sie manchmal sogar das Essen vergaß. Jeden Tag kam ein Pfleger zu ihr. Er blieb dann bis abends und kümmerte sich wie ein Bruder um sie. Erst, wenn er sie ins Bett gebracht hatte, fuhr er wieder ab.

So verging ein Tag nach dem anderen. Immer öfter jedoch sehnte sie sich nach einem Freund, der immer, auch nachts für sie da sein konnte. Sie brauchte jemanden, der mal mit ihr wegfuhr und etwas mit ihr unternahm. Doch jedes Mal, wenn sie im Internetchat von ihrer Behinderung schrieb, verabschiedeten sich die Chatpartner mit den kuriosesten Entschuldigungen. Marie kannte das bereits und war gar nicht mehr traurig oder böse deswegen. Sie blickte in die Zukunft und wusste genau, dass genau dieser Mann einmal kommen würde. Bis zu jenem Abend, als es draußen regnete und ihr Pfleger gegangen war. Sie lag in ihrem Bett und musste plötzlich bitterlich weinen. Dicke Tränen rannen ihr übers Gesicht und in diesem Augenblick wünschte sie sich so sehr, dass jemand bei ihr wäre, der ihr die

Tränen vom Gesicht küsste. Doch sie wusste, dass das nicht passierte. Zumindest sah es nicht so aus, dass sie jemanden treffen würde. Längst war ihr Kopfkissen nass geweint, da schlief sie endlich ein.

Zunächst versank sie in ihren allnächtlichen Vorstellungen, wie es wäre, wenn sie sich wie alle anderen Menschen bewegen könnte. Doch dann sah sie in der Ferne einen hellen Lichtpunkt. Sie wurde neugierig und es war ganz seltsam, sie wollte unbedingt zu diesem hellen Lichtpunkt. Und als ob dieses Licht von ihrem Wunsche erfuhr, kam es ihr entgegen. Es wurde immer größer und flirrte plötzlich vor ihrem erstaunten Gesicht. So etwas Wundervolles hatte sie noch niemals gesehen. In diesem Moment wusste sie, dass alles gut würde. Das Licht erschien ihr wie die Erfüllung eines Traumes. Und sie wollte nur noch eines: in dieses Licht hineintauchen! Sie streckte sich dem Licht entgegen. Doch das brauchte sie gar nicht. Das Licht vereinnahmte sie ganz und gar und sie fand sich in einer märchenhaften Welt wieder. Es war so hell, dass sich ihre Augen nur ganz allmählich an die Umgebung gewöhnten.

Sie lag auf einer grünen Wiese zwischen dutzenden wunderschöner Blumen. Es duftete nach Rosen und nach Gras. Am Himmel war kein Wölkchen zu sehen. Am Rand der großen Wiese standen große starke Bäume. Und dazwischen entdeckte sie eine traumhaft schöne weiße Villa mit großen Säulen davor und einer

Marmortreppe, die zum Eingang führte. So gern wollte sie in dieses herrschaftliche Haus, doch sie konnte ja nicht. Doch halt, was war das, hatte sie sich nicht soeben bewegt? Aber das konnte doch gar nicht – oder – tatsächlich, sie konnte sich bewegen! Mehr noch, sie konnte sogar aufstehen. Und da erkannte sie es, sie war nicht mehr behindert!

Mutig erhob sie sich und stand schließlich aufrecht auf der Wiese. Ja, sie hatte es aus eigener Kraft geschafft. Mehrmals kniff sie sich in die Beine, in den Körper, in die Arme – ja, sie fühlte es. Sie spürte jeden einzelnen Kniff. So gern hatte sie noch niemals *„Aua"* gerufen. Was für ein Gefühl. Was für ein Leben, das da plötzlich in ihr steckte. Das musste ein Wunder sein! Kein Zweifel, so etwas gab es in Wirklichkeit nicht. Sie stand auf einer Wiese und lief plötzlich los. Sie lief und lief, vorsichtig noch, aber zielsicher, geradewegs auf die weiße Villa zu.

Als sie genau vor der breiten weißen Marmortreppe stand, atmete sie tief ein. Sie wollte diesen Augenblick, diesen famosen Moment des Glücks tief in sich einsaugen. Davon hatte sie doch immer geträumt. Endlich einmal leben, genießen. Sie betrat die erste Stufe und fühlte sich dabei so unendlich stark. Nein, so stark hatte sie sich noch niemals in ihrem Leben gefühlt. Jede einzelne Stufe genoss sei, erlebte sie, als sei es ein Tausendmeterlauf. Und sie stieg die Stufen empor, als würde sie in den Olymp aller Träume aufsteigen. Stolz und hoch erhobenen Hauptes setzte sie einen Fuß vor den anderen. Und es gelang. Noch immer konnte sie ihr Glück nicht fassen. Nun stand sie oben. Und sie blickte zurück. Unter sich erstreckte sich diese unendliche saftig grüne Wiese. Was für ein Anblick! Was für ein Genuss! Das sollte niemals mehr vergehen!

Vor sich sah sie eine gläserne Tür. Sie war nur angelehnt und sie trat ein. Wie märchenhaft es doch dort drinnen aussah. Überall in dem riesig erscheinenden Raum standen helle Stilmöbel. Sie funkelten wie der weiße Marmorfußboden im hereinfallenden Sonnenlicht. So etwas Wunderschönes hatte sie wohl noch nie zu Gesicht bekommen. Ein lauer Wind umfächelte ihre Nase und wie aus dem Nichts stand da ein junger Mann in einem weißen Anzug. Seine langen goldenen Haare wehten in diesem lauen Sommerwind und es schien ihr, als schwebte der Mann vor ihren Augen im Raum. Lange schaute sie ihn an.

Dann sagte sie leise: *„Wo bin ich? Ist das alles wahr, was ich hier sehe? Und ich kann mich bewegen. Wie kann das nur sein?"*

Der junge Mann lächelte sie an. Dann sagte er leise und seine Worte hallten wie durch einen riesigen Saal: *„Nein, Du träumst nicht. Es ist alles wahr, was Du erlebst. Du bist hier irgendwo. Freu Dich daran, denn das ist die Welt. Deine Welt. Sie ist wunderschön. Die Wiese, die Sonne, der Tag, alles ist* heut nur für Dich. Wenn Du einen Wunsch hast, dann sage ihn jetzt. Er wird wahr werden."

Mit diesen Worten verschwand der junge Mann in einem weißen, schnell entschwindenden Nebel. Und Marie brauchte eine kleine Weile, um sich wieder zu fangen. Dann sagte sie mit weinerlicher Stimme: „Hier ist es so wunderschön. Hier würde ich für immer bleiben. Aber ich wünsche mir, dass ich mich für immer so bewegen kann, wie jetzt. Mehr Wünsche habe ich nicht, eben nur diesen einen." Und die Stimme des jungen Mannes antwortete ihr und rief: „So soll es geschehen. Alles wird gut. Du musst nur ganz fest daran glauben."

Dann wurde es wieder still und der laue Wind fächelte die würzige frische Luft um Maries Nase. Ach, könnte das doch alles für immer so sein, so dachte sie sich. Doch es schien, als würde sie etwas zurück auf die Wiese ziehen wollen. Sie wollte es erst gar nicht, doch dann sah sie einen beweglichen Punkt auf der Wiese. Dorthin sollte sie nun gehen. Sie lief die Marmortreppe hinab und lief über diese wunderschöne Wiese geradewegs zu diesem merkwürdigen Punkt hin. Dann verschwand das Licht, in welchem sie eben noch stand und entfernte sich mehr und mehr und immer schneller vor ihr. Sie war in den beweglichen Punkt eingetaucht und alsbald wurde es dunkel um sie herum.

Als sie ihre Augen öffnete, sah sie eine Lampe über sich. Und ganz langsam kehrte sie in die Wirklichkeit zurück. Es war ein neuer Tag angebrochen und durch das geöffnete

Schlafzimmerfenster drangen laute Kinderstimmen. Sie vermischten sich plötzlich mit dem Klappern eines Schlüsselbundes. Und ihr fiel ein, dass ihr Pfleger gleich kommen musste. So war es dann auch. Aber was war das? Irgendetwas krabbelte an ihrem Körper. Was konnte das nur sein, so ein Krabbeln kannte sie nicht. Was war das für ein sonderbares neues Gefühl?

Der Pfleger kam ins Zimmer und begrüßte Marie fröhlich. Doch Marie war verunsichert und wies den Pfleger auf das seltsame Krabbeln an ihrem Körper hin. Der schaute sie nachdenklich an und klappte dann die Bettdecke zurück. Doch da war nichts, was hätte krabbeln können. Marie lag ganz normal im Bett, doch halt, nicht ganz normal, da bewegte sich etwas.

Und wirklich, Marie hatte soeben ihre Beine bewegt. Ganz leicht nur, aber sie hatte es getan. Der Pfleger konnte es nicht glauben. Das konnte doch gar nicht möglich sein. Oder doch? Er wies Marie darauf hin und bat sie, noch einmal die Beine zu bewegen. Und wie selbstverständlich funktionierte es.

Zunächst glaubten beide noch an ein vorübergehendes Muskelzucken. Doch das vermeintliche Muskelzucken endete mit dem Bewegen der Beine. Ganz bewusst und ohne Einschränkungen konnte Marie wieder ihre Beine bewegen. Und was sie zunächst als Krabbeln bemerkte, war das Leben, welches in ihren gelähmten Leib zurückkehrte. Vorsichtig und ganz behutsam half ihr der Pfleger beim Aufstehen. Wie in ihrem wundervollen Traum fühlte sie alles um sich herum. Sie nahm es bewusst wahr und sie spürte sich selbst. Ja, sie fühlte jeden einzelnen Millimeter ihres Körpers. Und sie war neugierig darauf, wie es wäre, wenn sie das erste Mal laufen würde.

Der Pfleger brachte ihr alles bei. Stundenlang übten sie das Stehen, das Laufen, das Fortbewegen. Und irgendwann konnte Marie sich bewegen, als sei sie niemals gelähmt gewesen. Welch eine Freude, was für ein unfassbares Glück, das sich da auftat. Was für ein wundervolles neues Leben, was da begann. Sie genoss jede Sekunde. Sie erkannte plötzlich, dass sie es nur mit ihrem starken Willen schaffen konnte. Sie hatte niemals aufgegeben. Und sie wollte so gern leben. Ihr Pfleger konnte gar nicht sagen, wie glücklich er war, als er sie so sah. Die beiden verstanden sich so gut, dass sie sogar heirateten und sehr glücklich miteinander wurden. Sie bekamen drei Kinder, die allesamt gesund und munter waren.

Eines Tages sprach Marie über ihren alten Traum. Nie hatte sie etwas davon erzählt, doch ihr Ehemann, der sie so viele Jahre aufopferungsvoll pflegte, sollte es schließlich wissen. Und als die beiden so auf der kleinen Veranda ihres Häuschens am Waldrand saßen und miteinander sprachen, spürte sie wieder diesen seltsamen lauen Wind, der wie früher schon einmal um ihre Nase fächelte. Da musste sie weinen und am Waldesrand sah sie einen jungen Mann mit langen goldenen Haaren und weißen Flügeln auf dem Rücken.

Plötzlich wusste sie, dass so manche Träume im Leben wahr werden können. Man muss eben nur ganz fest daran glauben.

Für meine Mama

Manchmal sagtest Du:
Es geht vorbei
Und ich saß nur da und schwieg
Und weinte auch
Weils bei mir mal wieder
schiefgegangen war
Doch dann lief ich los
Ins Leben – lachte laut
Und Du schautest mir noch lange nach
Und an Weihnachten brannten
Echte Kerzen – in unseren Herzen

Ich war so voller Tatendrang
Und wollte noch so viel
Und manchmal auch zu viel
Lief fort und kam doch wieder heim
Zu Dir – zu meiner stetigen Geborgenheit
Und wir waren glücklich und so froh
Und auch zufrieden
Wo heute manchmal fehlt
mir die Bescheidenheit

Was warn das für Jahre
Meine Mama, ach
Ich liebe Dich und so wird's auch immer
bleiben – ich bin Dein Kind – für immer
So ist es eben – Mutter und Sohn
Und sonst gibt's nichts
Das war seit Generationen so
Wir sind füreinander da
Und doch sind's einfach viel zu wenig Worte
Für Dich, meine Mama

Eine Frau

Mit einem Ordner in der Hand,
auf einer Angeklagten-Bank,
saß sie, so jung und traurig noch
Man schob sie ab ins finstre Loch

Drei Kinder waren tot, so tot
Man sah es nicht, sie war in Not
Sie hat die Leichen gut versteckt
Weil man die Toten nicht mehr weckt

Ganz still gebar sie alle drei
Und keiner sah wohl zu dabei
Ihr Mann verdiente Geld, weit fort
Er war wohl stets am fremden Ort

Die Totgeburten warn so schlimm
In keinem Kind war Leben drin
Ganz leis gebar sie alle drei
Beim Sterben war niemand dabei

Die Einsamkeit im Heimathaus
hielt sie sie so selten tapfer aus
Sie war nicht schlecht und auch nicht dumm
Und saß nie hilflos einfach rum

Sie sehnte sich nach Harmonie
Gefunden hatte sie das nie
Sie weinte auch und wurde hart
Ob manches Leben Sinn noch hat

Acht Jahre Knast – der Richterspruch
Die enge Zelle scheint ihr Fluch
Manch Zigarettenlängen sind
vielleicht Ersatz fürs tote Kind

Dort wo kein Glück die Träume weckt
hat sie sich Tränen gut versteckt
Ein viertes Kind bekam sie dann
Es blieb bei ihrem fernen Mann

Im Fenstergitter pfeift ein Wind
Sie schaut hindurch und weint und singt
Sie war so jung und traurig noch
Und saß allein in diesem Loch

So manche Frau bekommt ein Kind,
das nicht mehr lebt und stirbt geschwind
Es bleibt ein Ordner, dort im Schrank
Und manche Angeklagten-Bank

Späte Heimkehr

Es steht ein Haus am Waldesrande
Und es fällt Schnee so weiß und sacht
Gar friedlich liegt dies deutsche Lande
Gar friedlich ist der Tag, die Nacht

Ihr Name ist Frau Martha Krause
Ihr Mann, der Kurt, zog in den Krieg
Nie kam er von der Front nach Hause
Und Martha hofft lang auf den Sieg

So viele Jahre sind vergangen
Der Krieg, das Sterben – alles aus
Sie hat mit Kurt sich gut verstanden
Vor langer Zeit in diesem Haus

Sie steht am Fenster, schaut zum Walde
Ob Kurt den Weg zum Haus noch find´
Er wird wohl kommen, ziemlich balde
Und in den Bäumen spielt der Wind

Der Schnee türmt auf sich um das Häuschen
Und Martha wird es ziemlich flau
Vorm Ofen piepst ein kleines Mäuschen
Und draußen wird es kalt und grau

Da stapft durchs wüste Schneegestöber
Ein junger Mann bis vor das Haus
In Uniform und Stiefelleder
Schaut er wie ein Soldat wohl aus

Er starrt zum Fenster und zu Martha
Die schiebt leis die Gardine fort
Sie hat wohl Tränen unterm Haar da
Und beide sprechen nicht ein Wort

Sie nimmt die Feldpostbriefe an sich
Die von der Front ihr Kurt einst schrieb
Und fühlt sich leicht und gar nicht grantig
Und hat den Kurt noch immer lieb

Sie geht hinaus zu jenem Manne
Der küsst sie sacht auf ihre Stirn
Der Schneesturm tobt durchs deutsche Lande
Und kann doch gar nichts mehr zerstörn

Die beiden stapfen bis zum Walde
Und Schnee hüllt sie wien Schleier ein
Kurt war gekommen, ziemlich balde
Und beide wollen endlich heim

Es wacht ein Haus am Waldesrande
Und es fällt Schnee so weich und sacht
Und friedlich ist's im deutschen Lande
Und Martha hat sich aufgemacht

Die Fremde

Mit einem Wagen, einem Pferd,
kam sie hier an und es war Nacht
Sie glaubte wohl an einen Gott
Und kam so still an jenen Ort
Und hatte auch nichts mitgebracht

Sie hatte nicht mal einen Herd
Und keiner nahm Notiz von ihr
Sie war zwar da, blieb doch allein
Sie sollte wohl so einsam sein
Und still bliebs auch vor ihrer Tür

War ihr Besuch vielleicht verkehrt
Warum nur sprach sie niemand an
Da hab ich Blumen ihr gebracht
Wir redeten so manche Nacht
Sie war allein und ohne Mann

Sie schien mir fröhlich, unbeschwert
und war eine Zigeunerin
Ihr Kleid gefiel den Leuten nicht
Schlecht fand man auch ihr Angesicht
In ihrer Börse war nichts drin

So Vieles hat man ihr verwehrt
Sie passte einfach nicht dazu
Die Menschen mochten sie nicht sehr
Sie kam von weit, von sehr weit her
Und hatte keine schönen Schuh

Sie hatte Gott sich zugekehrt
Und als ich eines Morgens kam,
da war sie fort und nicht mehr da
Leer lag der Platz, wo sie einst war
Vom Himmel leis der Regen rann

Mit ihrem Wagen und dem Pferd
fuhr sie davon, ganz ohne Mann
Sie liebte Blumen, die Natur
Vielleicht war sie ein wenig stur
Sie fuhr davon und kam nie an

Besuch bei ihr

Lachend kam sie auf mich zu
Im neuen Kleid, mit schönem Schuh
Sie fiel mir um den Hals vor Glück
Für einen Tag kam ich zurück

Lange sahen wir uns nicht
Und älter schien mir ihr Gesicht
Sorgenfalten warn darin
Und sogar ein Doppelkinn

„Schön, dass Du gekommen bist",
sagte sie, ganz ohne List
Ihr ging's wohl gut, sie lachte viel
Der Wind um uns war seltsam kühl

Hier in dieser kleinen Stadt
schien ihr Leben gut und glatt
Doch als wir beim Essen warn,
weinte sie ganz leis vor Scham

Der Mann war tot, der Sohn lang fort
Ihr Haus ein einsam, trister Ort
Die Schulden drückten aufs Gemüt
Als einzges nur ihr Lachen blieb

Träume hinter Stein versteckt,
wo niemand die Gefühle weckt
Viel älter schien mir ihr Gesicht
Ja, lange sahen wir uns nicht

Am Grab des Mannes ward sie schwach
Ich hielt sie fest an jenem Tag
Ich sagte ihr: *„Komm einfach mit"*
Komm suche Dir ein neues Glück

Sie winkte ab und sagte: *„Nein"*
Im Leben muss so manches sein
Vielleicht kommt doch noch irgendwann
ein neuer lieber treuer Mann

Als ich zurückfuhr nach L.A.
fiel plötzlich erster Winterschnee
Sie winkte noch in aller Ruh
im neuen Kleid, mit schönem Schuh

Letzter Sommer

Es war der letzte Sommer
Am Fluss sang sie so gern
Ein Fisch kam da geschwommen
Und eh der Tag verronnen
Da zählte sie die Stern

Es war der letzte Sommer
Ihr Lächeln barg den Tod
Ich hab sie gern gesprochen
Es gingen Tage, Wochen
So manches Abendrot

Es war der letzte Sommer
Sie winkte mir kurz zu
Ich hör sie heut noch singen
Ihr Lied wird nie verklingen
In abendlicher Ruh

Es war ihr letzter Sommer
Und einsam ist's am Fluss
Sie ist so sanft gestorben
So ohne alle Sorgen
Für sie ein Abschiedsgruß

Eine Mutter

Die Arbeit war so hart, so schwer
Und die Familie wollte Zeit
Sie jagte hin, sie jagte her
Das Leben war entsetzlich schwer
Ihr schmerzte arg der Kopf, der Leib

Fürs Kind ein schönes Handy, neu
Der Mann verlangte auch sein Recht
Die Lebenszeit ging schnell vorbei
Und manches Handy blieb nicht neu
Am Abend fühlte sie sich schlecht

Sie funktionierte irgendwie
Und träumte sich in manchen Traum
Da war die ferne Melodie
Die war so schön, ja, irgendwie
Und draußen rauschte leis ein Baum

Doch dann am nächsten Morgen, ach
Da ging die Hatz von vorne los
Sie schuftete für Kind und Dach
Und wollte mit dem Mann kein' Krach
Und fragte nie: „Was mach ich bloß"

Dann, eines Tages gegen Zehn
Ging es ihr schlecht, wie nie vorher
Da war ein Klopfen in ihr drin
Es war am Morgen gegen Zehn
Wo kam nur diese Schwäche her

Sie schwankte hin, sie schwankte her
Es ward ihr übel, sie sank hin
Ein Schmerz im Kopf, es brannte sehr
Sie fiel so leicht und gar nicht schwer
War *das* vielleicht ihr Lebenssinn

All die Gedanken flogen fort
Sie dachte an den Mann, das Kind
Mit Blaulicht und besorgtem Wort
Da brachte man sie endlich fort
Dorthin, wo alle Kranken sind

In einem weißen Zimmer dann
Erwachte sie und träumte nicht
Sie dachte an das Kind den Mann
In jenem weißen Zimmer dann
In jenem weißen kalten Licht

Ja, da begriff sie Stück für Stück
Dass ihre Hatz nichts bringen konnt
Sie lebte zwar, doch ohne Glück
Und das begriff sie Stück für Stück
Nie hatte sie sich je geschont

Da liefen Tränen ohne Zahl
Und aller Stress entlud sich arg
Vorbei die schlimme Seelenqual
Es flossen Tränen ohne Zahl
Man ist nicht immer groß und stark

Und der Professor setzte sich
Leis an ihr Bett, nahm ihre Hand
Dann sprach er nur: *„Ganz sicherlich*
Geht's nicht so weiter, hoffentlich.
Denn Ihre Seele ist verbrannt"

Sie wusste das und schwieg und schwieg
Die Ängste waren noch zu groß
Das Kind, der Mann, die waren lieb
Und sie lag hier und schwieg und schwieg
Und dachte nur: *„Was mach ich bloß"*

Zwölf Wochen fort, im Krankenhaus
Die Kräfte kehrten bald zurück
Dann, irgendwann ging es nach Haus
Im Blickwinkel das Krankenhaus
Und der Professor wünschte Glück

Sie kündigte den alten Job
Und fand ihr Leben wieder neu
Sie fand den Weg, und sie fand Gott
Fort mit dem Stress, dem alten Job
Mit Kind und Mann im frischen Heu

So manche Arbeit wiegt so schwer
Blind rennt manch´ Mensch durch seine Zeit
Doch alle Hatz nach noch viel mehr
Die bringt das Glück nicht hin, nicht her
Und Leere ist´s, die übrig bleibt

Die Toilettenfrau

Amanda wollte Bücher schreiben. Ihr Erstlingswerk war ein erotischer Roman. Bedauerlicherweise wollte keiner dieses Buch kaufen. Obwohl Amanda das zu sein schien, was man landläufig so als „Sexbombe" bezeichnete, und obwohl sie wirklich betörend mit ihren Wimpern klappern konnte, wurde der Roman einfach kein Kassenknüller. Zu allem Unglück und urplötzlich wollte auch der Verlagsleiter nichts mehr von ihr wissen und hatte sich kurzfristig für ein anderes Betthäschen entschieden.

Und so beschloss sie, an einem zweifelhaften Autorenwettstreit eines mehr oder weniger angesagten Journals teilzunehmen. Für den Sieger hatte man einen wirklich wertvollen Preis ausgeschrieben; es gab viel Geld und einen Verlagsvertrag für den Besten, und Amanda wollte unbedingt dabei sein. Allerdings reizte sie weniger das Geld, vielmehr wollte sie endlich so richtig berühmt werden. So schrieb sie nächtelang und ersann sich den schnulzigsten Liebeskitsch, den man sich nur vorstellen konnte.

Als sie den Brief mit der glühend heißen Kurzgeschichte in den Briefkasten warf, spürte sie einen heftigen Stich im Herzen. Und genau in diesem Augenblick wusste sie, dass sie siegen würde. Die Monate vergingen, doch eine Antwort kam nicht. Irgendwann hatte sie es satt und wollte der Sache auf den Grund gehen.

Schnurstracks lief sie zum Verlagshaus, um sich nach der Preisjury des Journals zu erkundigen, die für den Wettstreit zuständig war. Und sie hatte Glück, sie wurde ins Direktionszimmer vorgelassen, wo sie mit dem zuständigen Redakteur sprechen durfte. Aus dem Nachbarzimmer ertönte laute Radiomusik und die Leute dort schienen eine Menge Spaß zu haben.

Als sich die Tür rein zufällig einen winzigen Spalt öffnete, konnte sie einen verstohlenen Blick in dieses Zimmer werfen und erschrak! An einem kleinen Schreibtisch saßen zwei sehr dicke Männer mit Halbglatze und prosteten sich mit randvollen Biergläsern lautstark johlend zu. Einer der feisten Kerle hielt mehrere Papierbogen in seiner Hand, mit denen er sich stöhnend immer wieder Luft zufächelte. Als Amanda für kurze Zeit allein im Zimmer war, weil der Redakteur, der mit ihr sprechen wollte, auf die Toilette gehen musste, schlich sie sich zur Tür und konnte nun sehen, was die Männer da lasen. Es waren wahrhaftig jene Kurzgeschichten, die bei dem Autorenwettstreit teilnahmen.

Und es war wirklich total verrückt, aber gerade hielt einer der dicken angetrunkenen Männer ihre Geschichte in seinen fettigen Patschhänden und lästerte laut gestikulierend: *„Na mal sehen, was diese Pappnase da fabriziert hat, hahaha!"*

Während sich die beiden ausschütteten vor Lachen, war Amanda dasselbe längst vergangen.

Sie wartete den Redakteur, der noch immer nicht von der Toilette zurückgekehrt war, gar nicht erst ab und stürmte wutentbrannt in das Nebenzimmer.

Die beiden Dicken waren derart überrascht, dass sie beinahe ihre Biergläser fallen ließen. Amanda jedoch war nicht mehr aufzuhalten! Zu allem entschlossen trat sie vor die vollkommen überraschten Männer und rief erbost: *„So sieht also ihre Auswahl des Siegers aus! Na, das hätte ich mir ja auch gleich denken können! Saufen und keine Ahnung haben! Her mit meiner Geschichte, die ist für Suffköppe wie sie es sind viel zu schade!"*

Mit diesen Worten entriss sie dem Dicken die Geschichte und rannte laut schimpfend aus dem Zimmer. Die beiden Männer hingen sprachlos in ihren schwarzen Drehsesseln und wussten gar nicht, was sie sagen sollten. So etwas hatten sie wohl noch nie erlebt.

Der anfänglichen Verwunderung folgte aber recht schnell eine gewisse Ängstlichkeit. Denn, was wäre, wenn diese vermeintliche Autorin zur Konkurrenzpresse lief und ausgerechnet dort ihre peinlichen Beobachtungen schilderte? Konnte man da nichts tun?

Atemlos vor Entrüstung stand Amanda auf der Straße vor dem großen Verlagsgebäude und musste erst einmal zur Ruhe kommen. All ihre Träume von einer großen Karriere, vom Ruhm einer aufstrebenden Schriftstellerin waren in den vollen Biergläsern der angetrunkenen, äußerst zweifelhaften Zeitungsspinner ersoffen.

Nie hätte sie es für möglich gehalten, dass ihre nächtelangen Mühen, ihre so liebevoll zusammen gepuzzelte Kurzgeschichte so mies heruntergemacht werden konnte. Nein, das war einfach zu viel für sie. Vielleicht sollte sie ja den viel zu großen Traum für immer begraben?

Zu Tode betrübt setzte sie sich in die kleine Cafeteria im Erdgeschoss des Verlagshochhauses und trank erst einmal einen ordentlichen Cognac. Das tat erstaunlich gut, und ganz langsam bemerkte sie, wie ihre Lebensgeister zurückkehrten. Als sie sich im Waschraum ein wenig frisch machen wollte, kamen ihr dann aber doch die Tränen. Da gesellte sich plötzlich eine alte Frau mit einer noch viel älter erscheinenden Kittelschürze zu ihr und beobachtete sie in dem großen, blank geputzten Spiegel über dem Waschbecken.

„*Na Fräulein*", sagte sie dann leise zu Amanda und lächelte sie dabei ein ganz klein wenig an, „*war wohl heute nicht so Dein Tag, wie?*"

Und nun konnte Amanda nicht mehr anders. Weinend fiel sie der alten Frau um den Hals und erzählte ihr alles, was sie gerade erlebt hatte. Behutsam nahm die Alte Amandas Hand und drückte sie ganz fest an ihr Herz. Schließlich sagte sie entschlossen, und ihre Worte drangen wie ein rettendes Lebenselixier in Amandas Herz: „*Ach Mädel, wenn Du so lange wie ich hier unten stehst und den Leuten den Dreck wegmachst, dann wundert Dich gar nichts mehr. Musst nur einfach den Kopf oben behalten, dann wird's immer gut!"*

Und dann nahm sie eine Serviette und wischte Amanda fürsorglich die Tränen vom schminkeverschmierten Gesicht. Amanda bedankte sich für die aufmunternden Worte und lief schließlich ganz langsam die Treppe wieder hinauf. Die alte Frau schaute ihr besorgt hinterher und musste sich selbst eine Träne von der Wange streichen.

Als Amanda wieder im Gastraum eintraf, stutzte sie. An ihrem Platz standen mehrere Männer, die aufgeregt mit der Serviererin tuschelten. Als Amanda näherkam, wurde sie sogleich freudestrahlend empfangen. Und nun erkannte sie auch einen der Männer, der sich bislang erfolgreich hinter der Serviererin verborgen hielt. Es war der Dicke, der eben noch etliche Etagen über der Cafeteria übel über ihr Manuskript hergezogen war. Glücklich mimte er nun den Edelmann und rief mit leicht lispelnder Stimme: *„Ah, da kommt ja unsere strahlende Siegerin! Diese schöne Frau ist die Siegerin unseres Autorenwettstreits!"*

Mit diesen Worten ergriff er schamlos Amandas Hand und schüttelte sie ohne Unterlass. Nur mit Mühe konnte die vermeintlich Gewürdigte ihre Hand aus dem feuchtwarmen Würgegriff des unsympathischen wurstigen Mannes befreien und wischte sich dieselbe mehrmals an ihrem Taschentuch ab. Regungslos verharrte sie neben ihrem Tisch und starrte den Dicken verständnislos an. Sie wusste wohl nicht so recht, warum sie so überfreundlich empfangen wurde. Und sie wollte auch keine Siegerin mehr sein. Eigentlich wollte sie nur noch in Ruhe gelassen werden.

Da erblickte sie an der schmalen Wendeltreppe, die nach unten zu den Toiletten führte, die alte Frau, die Toilettenfrau, die ihr gerade eben noch so verständnisvoll zur Seite gestanden hatte. Mit ernster Miene starrte die Alte zu ihr hinüber und mochte wohl denken: *„Mach jetzt bloß nichts verkehrt, Mädel."*

Und da wusste Amanda, was sie zu tun hatte. Sie nahm den Blumenstrauß, den ihr der Dicke entgegenreckte und peitschte ihn dem verdutzen scheinheiligen Kerl mitten ins Gesicht. Dann rief sie aus voller Kehle: *„Auf diesen Sieg verzichte ich dankend! Mit solchen Betrügern, die es nicht ehrlich meinen, will ich nichts zu tun haben! Meine Geschichte ist gut, ja, ich weiß! Doch ich werde sie nie in Ihrer Klatschgazette drucken lassen, verstehen Sie, niemals! Leben Sie wohl!"*

Damit verließ sie unter dem tosenden Beifall der übrigen Gäste und der alten Frau an der Treppe das Lokal. Irgendwie fühlte sie sich auch gar nicht mehr so schlecht; sie fühlte sich gut und total erleichtert. Entspannt und ruhig lief sie nach Hause und wollte sich zur Ablenkung eine Fernsehsendung anschauen.

Als sie aber das TV-Gerät einschaltete, konnte sie nicht glauben, was sie da zu sehen bekam. Irgendjemand musste wohl die Szene in der Cafeteria auf Video aufgenommen haben.

Jedenfalls wurde sie in dem Film als couragierte und anständige Frau gefeiert, die von einem unmenschlichen bösartigen Journal veralbert und nur zum Besten gehalten wurde. Es war wirklich alles zu sehen, sogar die Szene, als sie dem widerlichen Dicken den recht üppigen Blumenstrauß ins fettverschmierte Angesicht warf.

Am liebsten wäre sie davongelaufen, so schämte sie sich. War es wirklich richtig, so heftig zu reagieren? Aber dieser unsympathische falsche Kotzbrocken, den ihre Kurzgeschichte in Wahrheit gar nicht interessierte, hatte sie derart herausgefordert, sie konnte gar nicht anders handeln. Was würde wohl diese liebe alte Frau dazu sagen? Sie würde ganz sicher meinen, dass man den Kopf immer oben tragen muss, egal, wie es auch kommen mochte. Und so atmete Amanda tief durch und schrieb einfach weiter, viele Geschichten und viele Romane.

Wie sich wenig später herausstellte, war eine TV-Redaktion, die drei Straßenecken weiter ihr Studio hatte, gerade auf Erkundungstour und hatte sensationslüstern das lautstarke Theater in der Cafeteria der lange verhassten Zeitungsredaktion mitverfolgt. Und weil man rein zufällig stets eine Kamera dabeihatte, wurde das ganze Drama heimlich aufgezeichnet. Die Sache wurde ein Renner und Amanda wurde über Nacht stadtbekannt. Sie war diejenige, die sich couragiert und entschlossen dem miesen

70

Treiben der feisten „Möchtegernredakteure" entgegenstellte, weil sie wusste, was sie wollte.

Und so erhielt sie kurz darauf einen äußerst lukrativen Vertrag und konnte all ihre wundervollen Bücher auch noch verfilmen. Das Journal, welches den Wettstreit einst ausgeschrieben hatte, wollte kein Mensch mehr kaufen. Es musste schon bald Insolvenz anmelden und ging sang- und klanglos ein. Amandas Plakate hingegen waren überall zu bewundern, und nach einem halben Jahr wurde sie auch über die Ländergrenzen hinaus bekannt.

Eines Abends ging sie mal wieder in die kleine Cafeteria, um sich bei der alten Toilettenfrau zu bedanken. Als sie die schmale Wendeltreppe nach unten lief, kam ihr schon ein recht betagter Mann entgegen und wollte ihr helfen, die letzten Stufen mit den hochhackigen Absatzschuhen unfallfrei zu überwinden. Neugierig erkundigte sich Amanda nach der alten Frau, die hier als Toilettenfrau tätig sein musste. Auf einem kleinen runden Tisch, auf dem einiges Kleingeld herumlag, stand ein winziger Bilderrahmen. Auf dem Bild darin erkannte Amanda die alte Frau. Es war tatsächlich jene Toilettenfrau, die ihr einst so viel Kraft gegeben hatte. Schnell erkundigte sich Amanda nach ihr. Da antwortete der alte Mann leise weinend: *„Ja, das ist meine geliebte Hiltrud. Ach, sie kann nicht mehr hier sein, weil sie vor zehn Jahren gestorben ist."*

Die Königin

So unnahbar, so kühl, so still
Brilliert sie vor dem Goldpalast
Die Königin weiß, was sie will
Und doch ist sie so seltsam still
Man hisst die Flagge hoch am Mast

Man krönt ihr Haupt und jenes Land
Sie lächelt leicht – ihr Blick scheint starr
Sie ist auf dieser Welt bekannt
Sie kommt aus einem Königsland
Von dort, wo's niemals anders war

Sie schreitet die Parade ab
Das Militär steht kampfbereit
Und weil sie viel zu sagen hat,
fährt sie recht schnell zur Fuchsjagd ab
Ihr Tag verschlingt wohl sehr viel Zeit

Auf ihrem Schiff fährt westwärts sie
Die Flotte ist ihr Stolz, ihr Ruhm
Ein lauer Wind weht irgendwie
Voll Würde trägt die Krone sie
Es gibt im Ausland viel zu tun

Wenn sie dem Volk sich zeigen will
ist die Kalesche gut und klug
So unnahbar, so seltsam kühl
Wenn sie Kalesche fahren will,
ist Königin sie nie genug

Fast unnahbar, so kühl, so still
So krönt sie doch ein edles Land
Ja, sie ist Königin mit Stil
Und scheint manchmal so seltsam still
Und ich verneig mich
Unerkannt

Drei Frauen

Warum der nagelneue Wagen nicht mehr weiterfuhr, wusste Lola zunächst nicht. Sie war einfach aufgebrochen, um ihrem schlagenden Ehemann für immer zu entkommen. Allerdings blieben ihr nur dieses Auto und ihre gepackte Reisetasche. Alles andere ließ sie bei ihrer Flucht ins Nirgendwo zurück. Und nun stand sie zwischen Hölle und noch mehr Verderben, irgendwo auf einem Feldweg am Rande der Zeit. Die Räder drehten durch wie ihre Nerven, wenn sie an diesem Orte noch länger bleiben müsste. Doch alles Gas geben half nichts, sie musste aussteigen und laufen. Nur wohin?

Sie zog sich ihre Kleider zu recht und stand alsbald in einer tiefen schlammigen Pfütze. Augenrollend und schimpfend nahm sie ihre Reisetasche, knallte die Wagentür zu und verließ diesen unheiligen Ort. Es regnete und nirgendwo war auch nur die geringste Spur menschlichen Lebens zu erkennen. Doch sie lief tapfer weiter, allerdings nicht ohne ihre Hasstirade auf ihren entsetzlichen Ehemann zu unterbrechen. Das kleine Wäldchen, welches plötzlich wie aus dem Nichts vor ihr auftauchte, kam wie gerufen. Dort würde es der immer stärker werdende Regen nicht mehr so leicht durchs dichte Blattwerk schaffen.

So gelangte sie immer tiefer in den Wald und hatte bereits alle Hoffnungen, irgendjemanden zu treffen aufgegeben. Aber sie lief weiter und es grenzte an ein Wunder, zwischen den Tannen erblickte sie eine kleine Hütte. Wem die wohl gehörte? Idyllisch schmiegte sie sich in die Landschaft und schien mit den Bäumen regelrecht verwachsen zu sein. Sie entsprach zwar nicht so ganz Lolas Vorstellungen von einer Unterkunft, wie sie es eigentlich von ihrer Villa am Stadtrand gewohnt war. Doch es reichte ihr aus und war vor allem eine ideale Zufluchtsstätte vor dem prügelnden Ehemann.

Als auf ihr Klopfen keiner öffnete, drückte sie die Türklinke und gelangte ins Innere. Die zwei Räume waren kalt und leer. Offenbar lebte hier seit langer Zeit keiner mehr. Das kam Lola sehr zu passe. Sie wollte es sich erst einmal bequem machen, denn bei diesem Regen konnte und wollte sie ohnehin nicht mehr weiter durch den dunklen Wald laufen. Sie hatte auch alles dabei, Kerzen, ein Feuerzeug, mehrere Schachteln Zigaretten und eine große Flasche Whisky, was brauchte man schon mehr! Am Fenster des größeren Raumes entdeckte sie ein kleines verwittertes Tischchen und vier kippelnde Stühle. Die mussten wohl noch aus dem letzten Jahrhundert stammen, aber sie hielten. Stöhnend ließ sie sich auf einen der Stühle fallen und zündete sich eine Zigarette an.

Genüsslich inhalierte sie den würzigen Nikotingeschmack und stellte eine Kerze vor sich aufs Fensterbrett. Ach, so müsste es immer sein, dachte sie sich nur. Doch ein seltsames Geräusch ließ sie die Kerze gleich wieder auslöschen. Was war das? Lebte hier am Ende doch jemand? Um länger darüber nachzusinnen, blieb keine Zeit, denn mit einem heftigen Stoß wurde die Tür aufgerissen. Lola starrte auf die Tür! Was oder wer würde da wohl gleich vor ihr stehen? Ein Wolf, ein Bär? Es war eine Frau mit einem kleinen Koffer in der Hand. Sie starrte ebenso verblüfft zu Lola, die sich beinahe am Rauch ihrer Zigarette verschluckt hätte. Die Fremde sagte laut: *„Hach, da bin ich ja erleichtert, dachte schon, ein wildes Tief habe sich hier angesiedelt."*

Lola konnte den vermeintlichen Humor dieser fremden Frau nicht nachvollziehen. Sie konterte mit: *„Hätten Sie nicht vorher anklopfen können! Ich habe mich ja zu Tode erschrocken!"*

Damit schaute sie kopfschüttelnd zum Fenster hinaus, auch, wenn es draußen bereits stockdunkel geworden war. Die Fremde lachte schrill und wollte sich gerade aufregen, doch Lola entgegnete schnell: *„Ja, ja, ist schon gut, kommen Sie einfach rein und machen Sie die Tür zu."*

Zwar mürrisch aber doch erleichtert, nicht mehr im Regen durch den Wald stolzieren zu müssen, nahm die Fremde auf einem der Stühle Platz. Dann zog sie sich eine bereits geöffnete Flasche Wein aus ihrem Koffer und nahm einige Schlucke daraus. Leicht beduselt sagte sie: *„Übrigens, ich bin Salma! Wir können uns ja duzen, wenn Sie wollen?"*

Lola war einverstanden und Salma bot ihr einen Schluck aus ihrer Weinpulle an. Die beiden tranken sich erst einmal etwas Wärme an und als die Flasche leer war, stellte Lola ihre Whiskyflasche auf den Fenstersims.

Doch plötzlich hämmerte etwas gegen die Fensterscheibe. Lola hielt ihre Whiskyflasche fest und glaubte schon, irgendjemand wollte das Fenster aufbrechen. Da es draußen dunkel war, konnten die beiden Frauen nicht erkennen, wer da draußen rebellierte. Als endlich jemand rief: *„Hallo, können Sie mich mal reinlassen, es regnet"*, atmeten die beiden erleichtert auf. Salma ging zur Tür und öffnete.

Schüchtern stand eine vom Regen vollkommen durchnässte kleine Frau in etwas ärmlicher Kleidung in der Tür. Sie hielt einen Beutel in der Hand und traute sich nicht ins Haus. „Na nu komm ′se schon rinn, wir beißen ja nicht", rief Salma.

Lola, die schon sichtlich angetrunken schien, machte eine eindeutige Handbewegung, sodass die Fremde schließlich Mut fasste und eintrat. *„Wo komm Sie denn her? Bei dem Wetter jagt man doch keinen Hund vor die Tür"*, rief Lola.

Und nach anfänglichem Stocken, redete die Fremde plötzlich wie ein Wasserfall, sprach darüber, was ihr widerfahren war. Demnach hatte sie sich angeblich beim Pilze suchen verirrt. Allerdings änderte sie nach kurzer Zeit ihre Aussagen wieder und stotterte herum. Weinend brach sie auf einem der Stühle zusammen und beichtete, dass sie ihrem Mann hinterhergefahren sei, als der ihr zum aber tausendsten Male weiß machte, er müsste Überstunden schieben. Als sie ihn schließlich am Waldrand mit einer anderen aufgedonnerten Frau in eindeutiger Position aufspürte, konnte sie nicht mehr. Sie rannte einfach los und fand sich schließlich vor dieser alten Hütte wieder.

„Und all das nachdem wir unser kleines Häuschen abgestottert haben", rief sie vollkommen neben sich stehend, *„so lange haben wir geschuftet und gespart, und nun das!"*

„Na denn", rief Salma, *„Willkommen im Club!"* Mit diesen Worten drückte sie der Fremden die Whiskyflasche in die Hand und nickte ihr aufmunternd zu.

Lola zündete unterdessen eine neue Kerze an und rauchte eine Zigarette nach der anderen. Schon konnte man die Hand vor Augen nicht mehr erkennen, als Salma darauf hinwies, dass sie Nichtraucherin sei. Die Fremde traute sich kaum, etwas zu sagen. Doch nach dem dritten Zug aus der Whiskyflasche wurde auch sie ein wenig lockerer. Sie hieß ihren Ehemann kurz und lang und bat Lola um eine Zigarette. Salma rollte genervt mit den Augen und pfiff sich ein Lied. Ziemlich mutig stellte sich auch die Fremde vor: *„Ich bin die Ellen. Na ja, Sie können mich duzen."*

Die drei Frauen musterten sich kurz, dann mussten sie lachen. Sie erkannten plötzlich, dass sie alle im gleichen Boot saßen und staunten, dass sie ihre verschlungenen Wege in dieses Haus inmitten des dichten Waldes verschlagen hatten. Doch sie arrangierten sich und plauderten und sprachen über ihre so unterschiedlichen Lebenswege. Da kamen so viele Erlebnisse und Schicksalswendungen zutage, dass sie sich darüber wunderten, was sich in ihren Köpfen alles verbarg und angesammelt hatte. Über all die vielen Jahre hatten sie alles tief in ihren Seelen versteckt und sich selbst total zurückgenommen. Jede von ihnen hatte ihre Sehnsüchte, ihre Träume und ihre Wünsche, von denen wohl kaum einer je Beachtung fand. Die Ehemänner hatten ihnen einst so viel versprochen, doch nichts davon war geblieben. Und irgendwie waren sie alle enttäuscht und am Ende ihres alten Lebens angekommen. Eintönigkeit und Gleichgültigkeit schlichen sich ein. Längst fehlte es an Liebe und an Ehrlichkeit.

Nur zum Aufgeben, dazu hatten sie keine Lust. Sie spürten, dass es da noch etwas anderes geben musste. Nur was es sein konnte, wussten sie nicht. Und es schien ganz seltsam, obwohl sie ein komplettes Leben dort draußen hatten, zu welchem so viele schöne Dinge gehörten, vermissten sie doch etwas ganz entscheidendes, sich selbst. Sie hatten sich irgendwo auf ihren Lebenswegen aufgegeben, nur, um für Mann, Haus und Kind da zu sein.

Und plötzlich fühlten sie sich alt und nutzlos. Dabei wussten sie genau, dass es ohne sie nicht gehen würde. Und sie wussten, dass daheim bei den Lieben nichts mehr lief, denn auch für sie würde sich etwas ändern, wenn sie nicht mehr da waren. Doch in diesem Augenblick war das den Frauen egal. Sie wollten nicht mehr und spürten das ganz deutlich. Sie begannen sich zu arrangieren und richteten sich in der winzigen Hütte ein. Aber da gab es ein entscheidendes Hindernis: Sie hatten keine Vorräte und sie wussten nicht, wann der Eigentümer dieser Hütte zurückkommen würde. Denn ewig könnten sie ganz sicher nicht bleiben.

Allerdings war das Problem schnell geklärt. Man teilte sich auf. Eine übernahm den Einkauf, eine den Hausputz und die andere erledigte den anfallenden Schreibkram. Als Erstes jedoch beschlossen sie, ihre Handys symbolisch für ihr altes verkorkstes Leben im Wald vor der Hütte zu verbrennen. Beschwörend legten sie die Telefone übereinander und kippten Unmengen von Whisky darüber. Lola entzündete den Haufen und er brannte trotz Regens lichterloh. Nachdenklich starrten die drei Frauen auf die Flammen. War es wirklich so einfach, alles Bisherige einfach so in Schutt und Asche zu legen?

Wortlos gingen sie in die Hütte zurück und nahmen sich Zigaretten aus Lolas Schachtel. Sogar Salma hatte einen Glimmstängel im Mund und paffte erstaunlich professionell. Ein wenig später liefen sie gemeinsam los. Stundenlang waren sie unterwegs, um in den nächstgelegenen Ort zu gelangen. Dort kauften sie ordentlich ein. Lolas defekter Wagen wurde von einem

Abschleppdienst abgeholt und sofort repariert. Damit waren die drei wieder mobil. Sie kauften sich Decken und Vorräte. Auch mussten Töpfe und ein wenig neue Kleidung her. Lola kaufte einen Laptop, welcher fortan die Geschicke der drei verwaltete. Nun konnte eigentlich nichts mehr schiefgehen. Und immer öfter erwischten sie sich, wie sie über ihre Familien, ihre Ehemänner und ihre Kinder sprachen. Es fiel ihnen so schwer, in dieser einsamen Hütte, am Waldesrand, so fern von ihren Familien zu hausen. Trotzdem wollten sie nicht nach Hause. Zu tief saßen noch die Enttäuschungen und all die Dinge, die sie nicht mehr wollten, die sie satthatten. Und Lola hasste ihren Ehemann, der sie geschlagen hatte.

„Den soll der Teufel holen", rief sie laut, während sie sich mit Gartenarbeit vorm Haus ablenkte. Heimlich dachten alle drei an die Erfüllung ihrer geheimsten Wünsche.

Langsam schlich sich Unbehagen in die Dreierbeziehung ein. Immer häufiger beschimpften sich die Frauen und gingen hasserfüllt aufeinander los. Die über all die vielen Jahre angestauten Aggressionen bahnten sich ihren Weg und ließen dabei oft Tränen und Nervenzusammenbrüche zurück. Doch sie wussten sehr genau, dass ihnen dort draußen kein Psychiater und auch sonst keiner half. Sie waren auf sich gestellt und mussten durchhalten, wenn sie zusammenbleiben wollten. Und so fielen sie sich schließlich nach jeder neuen

Attacke weinend in die Arme. Das schweißte zusammen und irgendwann kannte jede die geheimsten Träume der anderen. Sie wollten diese Träume irgendwann einmal verwirklichen. Nur mit diesen Gedanken und ihrem festen Willen konnten sie diese Einsamkeit dort draußen im Wald meistern. Denn dort waren sie frei und ungebunden.

Eines Abends verabschiedete sich Ellen für eine Nacht. Sie wollte durch den Wald spazieren und auf andere Gedanken kommen. Sie wollte ihre Seele reinigen und lief einfach los. Zwar versuchten die anderen beiden, sie aufzuhalten, doch es gelang ihnen nicht. So stieg Ellen über Stock und Stein und verirrte sich schließlich im Wald.

Sie setzte sich auf einen herumliegenden Baumstamm und wischte sich den Schweiß von der Stirn. Doch da waren auch Tränen, die von ihrem Kinn tropften. Sie sah sich, ihr Leben und ihr jahrelanges Schweigen. Und sie sah ihren Mann und ihren Sohn. Hatte sie nicht allen immer das gegeben, was sie wollten? Warum nur hatte sich ihr Mann eine andere genommen? Waren da Eintönigkeit und Langeweile in die Ehe geraten? War sie selbst schuld daran? Sie konnte es sich nicht erklären und sah vor ihren inneren Augen ihr Leben vorüberziehen.

Da tauchte plötzlich ein Wanderer auf. Er kraxelte inmitten des wilden Buschwerkes herum und schien sie gar nicht zu bemerken. Natürlich kam ihr das seltsam vor und sie verbarg sich hinter einem dichten Busch. Doch der Fremde rief plötzlich: *„Du brauchst Dich nicht zu verstecken. Ich habe Dich schon gesehen."*

Ellen wusste nicht, ob sie ihr Versteck verlassen sollte oder nicht. Aber warum sollte sie sich verstecken? Hatte sie sich nicht lange genug hinter den Schultern ihres Mannes versteckt und war am Ende doch nur betrogen worden? Neugierig kroch sie hinter ihrem Busch hervor und schaute plötzlich in die großen braunen Augen des fremden Mannes. Er strahlte so viel Wärme und Hoffnung aus, dass sie sich nicht mehr fürchtete. Ganz im Gegenteil, sie fühlte sich plötzlich so gut, so wach. Das erste Mal hatte sie einem fremden Mann schöne Augen gemacht, hatte sie einen fremden Mann überhaupt beachtet. Und der Fremde nahm sie in seine Arme und drückte sie fest an sich. Dabei sagte er leise: *„Wir müssen tun, was uns wichtig ist. Auch wenn's manchmal der falsche Weg ist, müssen wir es tun. Dabei sollten wir lernen zu vergeben. Nicht alles geschieht aus Hass und aus Unmut. Manchmal lebt die Liebe noch und nur der Alltag hatte uns verletzt."*

Ellen wunderte sich über diese Ehrlichkeit des fremden Mannes. Obwohl sie ihn noch niemals zuvor gesehen hatte, erschien er ihr so vertraut, so, als ob sie ihn schon seit Jahren kennen würde. Wie kam das nur? Sie ließ sich darauf ein und erzählte dem Fremden von ihrer Trauer und ihrer Enttäuschung. Doch der Fremde antwortete ihr nicht. Er lächelte sie an und küsste sie. Und sie ließ es geschehen. Sie liebten sich zwischen all den stummen Bäumen. Und es war ihr, als spürte sie ihren Körper das allererste Mal. Sie entdeckte sich ganz neu und der Fremde schien das gar nicht ausnutzen zu wollen. Er war behutsam und vorsichtig, aber auch wild und männlich. Er war genauso, wie sie es in ihren Träumen stets erlebt hatte. Nun endlich hatte sie sich wiedergefunden, in den starken Armen dieses fremden Mannes. Er ließ sie nicht mehr los, doch er ließ ihr den Spielraum, den sie brauchte und dennoch nie hatte. Und sie wusste, dass sie sich selbst in dieses Gefängnis verbannt hatte, aus dem sie nicht herauskam. Der Fremde aber ließ sie gewähren und er sagte nichts, er war nur da und liebte sie. Es war genauso, wie sie es wollte.

Als ihre halb bekleideten Körper erschöpft ins welke Laub fielen, blieben sie noch lange schweigend nebeneinanderliegen. Doch als der Morgen graute, sagte der Fremde: *„Ich muss nun gehen. Vielleicht sehen wir uns nie wieder, aber es war wichtig, dass Du Deine Träume wiedergefunden hast. Du musstest sie sehen. Und nun weißt Du, dass es Dich noch gibt. Fange wieder an zu leben und zu lieben, aufrichtig, wie Du selbst auch bist. Es ist gar nicht schwer. Und es wird Dir gelingen. Lebe wohl."*

Er stand auf und zog sich seine Jacke über.

Dann verschwand er im Unterholz des Waldes.

Ellen lag noch lange im Laub und dachte nach. Sie fühlte wieder etwas. Und sie wusste, dass sie nicht nach anderen schauen musste, ob die sich richtig ihr gegenüber verhielten. Es lag nur an ihr selbst, dem Leben etwas abzugewinnen und ihre Träume zu leben. Denn es waren ihre Träume und nicht die der anderen. Entschlossen erhob sie sich und zupfte sich ihre Kleider zu recht. Dann lief sie den Weg zurück, den sie glaubte gekommen zu sein. Und es war wie ein Wunder, sehr schnell gelangte sie zur Hütte, wo sich die beiden anderen Frauen bereits Sorgen um sie machten.

Als sie freudestrahlend ins Zimmer trat, staunten die beiden anderen.

Sie sahen das Laub an Ellens Kleidung und lachten verschmitzt. Vielleicht ahnten sie, dass Ellen nicht nur Eicheln und Kastanien gesucht hatte? Doch sie sagten nichts, hatten wohl ähnliche Wünsche. Sie wären gern auf den Spuren ihrer Träume gereist und hätten ihr eigenes Leben wiedergefunden. Aber sie freuten sich für Ellen, die sich an den wackeligen Tisch setzte und wortlos den Kaffee genoss, der in ihrer Tasse dampfte. Sie stöhnte leise vor sich hin und Lola meinte schließlich, dass sie ebenfalls in den Wald wollte, um vielleicht auf andere Gedanken zu kommen. Salma trug einen ähnlichen Gedanken in sich und Ellen versprach, auf die Hütte aufzupassen, während die beiden anderen Frauen in den Wald gingen, um nach etwas zu suchen, was sie noch gar nicht wussten. Und so brachen sie auf.

Der Tag war noch jung und Ellen musste sich eh ausruhen. Sie kletterten durchs Gehölz und verloren sich schließlich aus den Augen. Sie wollten auch gar nicht zusammen weitergehen, denn ihre Lebenswege waren ja schließlich auch nicht die gleichen. Die eine lief nach links und die andere nach rechts. Und beide nahmen die Strapazen in Kauf, über Baumstämme und durch Wildschweinsuhlen zu stolpern. Irgendwann waren beide unabhängig voneinander derart erschöpft, dass sie sich kraftlos auf den Waldboden fallen ließen. Lola lehnte sich an einen entwurzelten Baum und begann zu weinen. Ihre Gefühle schienen sie in diesem Moment zu übermannen und sie konnte einfach nicht anders. Sie sah ihre Ehe und ihren beruflichen Erfolg, den sie sich mit ihrer Immobilienfirma aufgebaut hatte. Und sie sah den Mann, der sie plötzlich schlug. Womit hatte sie das nur verdient? Hätte nicht auch er etwas aus seinem Leben machen können, anstatt sich dem Alkohol hinzugeben? Er war doch auch mal erfolgreich, als Fuhrunternehmer. Doch dann, seine Krankheit und das damit verbundene berufliche Aus. Aber sie konnte doch nichts dafür. Warum war er so ungerecht zu ihr? Wollte er vielleicht allein sein? Liebte er sie nicht mehr? Aber wieso? Die Tochter war längst aus dem Hause und ihr ging es gut. Gott sei Dank, es ging ihr gut.

Und sie selbst? Hatte sie nicht auch noch ihre Träume und ihre Sehnsüchte, ihre Hoffnungen und ihre Abenteuerlust? Ja, sie liebte doch das Abenteuer! Anfangs hatte sie es mit ihrem Mann erleben können, aber nun? Das einzige

Abenteuer, welches es in ihrem Leben noch gab war, dass er sie schlug. Mehr war nicht geblieben. Wie sollte sie nur weiterleben? Und auch Salma, die sich an einem idyllisch gelegenen Waldsee wiederfand, sank in sich zusammen. Jenseits von Gut und Böse weinte sie bitterlich. Sie fühlte sich so unverstanden und nicht mehr gebraucht. Dabei wollte sie gar nicht viel. Sie wollte nur die Frau an seiner Seite sein und nicht mehr. Aber eben auch nicht weniger und er gab ihr das Gefühl, dass er der Herr und Herrscher im Hause war. Ja, sie hatte einst auch einen Beruf gelernt. Sie war Hotelfachfrau. Doch dann traf sie ihn, den großen Mogul, den Millionär. Er bot ihr ein sorgloses Leben und sie schenkte ihm zwei wohlgeratene Söhne. Ja, die liebte sie über alles.

Doch als sie aus dem Hause waren, wurde es plötzlich so einsam. Und in dieser Einsamkeit keimte auch Hoffnungslosigkeit und Angst. Tausend Ängste! Auch die Angst, ihr eigenes Leben würde aus den Fugen geraten. Sie sah sich verloren und am Rande ihrer Zeit angekommen. Und eigentlich wollte sie überhaupt nicht mehr leben. Doch der Gedanke an die Söhne hielt sie noch am Leben. Aufrecht blieb sie die Frau an der Seite des bekannten Millionärs. Doch man sah in all diesem Glimmer nicht ihre Traurigkeit und ihre Depression.

In den Hochglanzmagazinen wurde ihre Ehe als etwas ganz Besonderes beschrieben. Keiner dieser Boulevard-Journalisten wollte sich die

Mühe machen, um hinter die Fassade zu blicken. Keiner fragte sie nach ihren Träumen, nach ihrem Leben. Keiner wollte wissen, dass auch sie eines hatte. Sie war nur einfach da, um die Tage dieses Millionärs, dieses schwarzhaarigen Schönlings zu versüßen. Aber wollte sie das überhaupt noch? Wollte sie nicht viel lieber ausbrechen und all den Reichtum vergessen? Geld, diese wunderschöne Villa am Stadtrand, die Millionenschwere Jacht in Monaco – wollte sie das noch?

Immerhin, über all diese kalten leeren Jahre hatte sie sich nur einen echten Freund gesichert, den Alkohol. Der hielt immer zu ihr. Aber sonst?

Plötzlich knackte es im Gebüsch und ein junger Mann erschien vor ihren Augen. Eigentlich wollte sie viel lieber einen Schluck Wein trinken, doch dieser Mann da vor ihr, diese Augen, wer war das nur?

Er hatte eine unglaubliche Ausstrahlung und lächelte sie unentwegt an. Obwohl sie eigentlich als Frau allein in diesem Wald diesem Manne ausgeliefert wäre, fühlte sie sich doch nicht hilflos. Es war, als beschützte sie dieser Mann vor allem Übel dieser Welt. Ganz vorsichtig näherte er sich ihr und meinte dann beruhigend: *„Keine Angst. Es wird alles gut werden. Wirst es sehen. Du musst nur Deine Gefühle wieder ausgraben und vor allem"*, er machte eine kleine Pause und schaute zum Himmel hinauf, *„Du musst an Dich selber glauben und Dich wiederfinden. Du musst das tun, was Du willst, nicht, was andere von Dir* *erwarten. Das wird nicht leicht, doch wenn Du es willst, dann wirst Du wieder glücklich sein. Deine Söhne werden Dir dabei helfen. Glaube mir."*

Salma konnte nicht fassen, dass dieser Fremde so viel über sie wusste. Kannte er sie? Hatte er sie ausspioniert? Oder kannte er ihren reichen Ehemann?

Als sie sein Gesicht sah, wie es sie anlächelte, fasste sie wieder Mut. Sie wusste, dass dieser Fremde irgendetwas anderes war. Nur was, das wusste sie nicht. Sie spürte so viel Zuversicht und so viel Wärme und Zuneigung, wie sie es noch nie zuvor gespürt hatte. Da war plötzlich wieder das Gefühl, eine richtige Frau zu sein. Und die beiden küssten sich inniglich und hingebungsvoll. Ach, das war es, was sie seit langer Zeit so sehr vermisst hatte, Liebe, ein ganz klein wenig Liebe.

Und während ihr die Tränen über die Wangen rannen, liebten sie sich im Moos des Waldes. Er küsste ihr die Tränen vom Gesicht und sie spürte plötzlich ihren Körper wieder. Das, was sie so lange entbehrt und verloren glaubte, war endlich zurückgekehrt, ihre Hoffnung!

Ähnlich erging es auch Lola. Sie spürte einen warmen Hauch im Nacken und als sie sich umsah, starrte sie in die liebevollen Augen eines fremden jungen Mannes. Und ohne viele Worte fiel sie ihm um den Hals. Sie hatte so etwas noch nie getan, denn fremde Männer waren ihr eigentlich ein Graus, eigentlich. Doch sie wollte es und die spärliche Bekleidung des Fremden gab seine maskuline Statur preis und Lola ließ sich in seine muskulösen Arme fallen, als müsste sie gerettet werden. Sie küssten sich und liebten sich und auch sie fühlte plötzlich wieder etwas in sich, dass ihr über all diese vielen Jahre abhandengekommen war, ihren Leib und ihre Seele. So hatte sie noch niemals geliebt, und vielleicht war es das, wovon sie stets geträumt hatte?

Die beiden Frauen entdeckten ihre Sehnsüchte und ihre Träume, ihre geheimsten Träume wieder. Und dabei empfanden sie so unfassbar viel, wie sie noch nie zuvor empfunden hatten. Das gab ihnen wieder Zuversicht und Lebensfreude und auch die Spannung auf das, was das Leben noch für sie bereits hielt, zurück.

Der Fremde ging und die beiden Frauen dachten daran, wie sie es nun anstellen sollten, ihr Leben wieder aus eigenen Kräften zu meistern. Und sie kamen immer nur auf einen Schluss: Einfach so leben, wie man glücklich ist. Mehr wars nicht. Aber sollte alles wirklich so einfach sein? Sie warf ihre mitgenommene Whiskyflasche weit von sich und sprang auf.

Keineswegs wollte sie aufgeben und ihren Mann gewähren lassen. Zwar verdiente er eine saftige Ohrfeige, doch hatte nicht auch sie eine Menge verkehrt gemacht? Hatte sie nicht ständig an ihrem Mann herumgenörgelt, bis er schließlich in seiner eigenen Verzweiflung und seiner Panik nichts anderes mehr sah, als durchzudrehen? Sie gab sich nicht die Schuld, doch sie wollte einfach noch einmal von vorn beginnen. Sie wollte ihrem Ehemann nichts beweisen, sie wollte es sich selbst beweisen. Denn sie konnte es noch, sie spürte es ganz deutlich.

Und selbst Salma sah sich in einem ganz neuen Licht. Dieser Fremde, der eben zwischen den Tannen verschwunden war, hatte es ihr zurückgebracht, ihr Selbstbewusstsein. Es schlummerte tief in ihrer Seele und sie hatte es verlernt, es heraus zu holen und zu nutzen, so wie einst, als sie noch ein Kind war. Da hatte sie sich doch auch immer durchgesetzt. Und so sollte es wieder sein. Sie wollte sich eine Wohnung in der Stadt nehmen und erst einmal wieder zu sich finden. Ob es nun dem Mann passte oder nicht, sie wollte fortan nur an sich selbst denken und nicht an Etikette und Klatsch. Das war ihr nun egal, denn sie wollte leben, endlich leben!

Sie wischte sich die Tränen aus dem Gesicht und lief durch den Wald, und es war verrückt, schon nach wenigen Augenblicken erreichte sie die Hütte. Wie konnte das nur sein. Schon von weitem sah sie Lola, die ebenfalls, nur von der anderen Seite kommend, auf die Hütte zueilte. Und sie fielen sich in die Arme und drückten sich ganz fest. Ellen beobachtete all das vom Fenster der Hütte und kochte einen starken Kaffee. Das Widersehen war riesig und die drei Frauen schienen wie ausgewechselt. Doch sie schwiegen, erzählten nichts von ihrem amourösen und eindrucksvollen Erlebnis im Wald. Sie sprachen nicht von dem jungen fremden Mann, der ihnen erschienen war und der sie so beeindruckt hatte. Denn jede wusste es, dass es die andere doch nicht verstehen würde.

Andererseits verstanden sie sich gerade jetzt so gut, dass ein Mann wohl nichts daran ändern könnte. Nachdem sie ihren Kaffee getrunken hatten, schauten sie sich wortlos an. Lola brachte dieses merkwürdige Schweigen auf den Punkt und meinte, dass es an der Zeit wäre, heim zu fahren. Zuhause würde man sich sicherlich schon um sie sorgen. Und sie packten ihre Reisetaschen, ließen jedoch das Gekaufte in der Hütte zurück. Nur den Laptop nahmen sie mit, denn dort hatten sie ihre geheimsten Gedanken in ein persönliches Tagebuch geschrieben. Sie zogen sich an und fielen sich noch einmal in die Arme. Dann fuhren sie in den Ort.

Lange schauten sie zu ihrer schicksalhaften Hütte zurück. Sie waren so froh, in diesem Wald aufeinander gestoßen zu sein. Die Sonne schien und es versprach, ein guter Tag zu werden. Im Ort schließlich trennten sich ihre Wege. Als sie sich verabschiedeten, hatten sie Tränen in den Augen. Doch sie wussten, dass es sein musste, dieser Aufbruch in ein neues Leben.

Monate später trafen sie sich noch einmal in dem kleinen Ort und wollten sich berichten, wie es ihnen ergangen war. Und so seltsam es sich anhören mochte, sie hatten ihr Leben wieder fest im Griff und hatten die Kraft, etwas zu ändern.

Noch einmal fuhren sie die weite Strecke in den Wald, um nach ihrer Hütte zu sehen, die sie einst zusammenführte. Doch so sehr sie auch suchten, die Hütte fanden sie nicht mehr.

Irgendwo auf einer Lichtung entdeckten sie die Überreste ihrer verbrannten alten Handys. Da hielten sich die drei Frauen aneinander fest und wussten, dass sie wohl auf dem richtigen Wege waren. Sie liefen noch ein letztes Mal durch den Wald und erinnerten sich schweigend.

Als sie schließlich hoffnungsvoll in den Himmel schauten, flog ein seltsam schimmernder Vogel über ihre Köpfe hinweg. War es ein Falke, ein Bussard, vielleicht ein Traum? Die drei wussten es nicht, schauten diesem Vogel noch lange nach – und als er in der Ewigkeit verschwand, leuchteten seine merkwürdigen silbernen Flügel noch ein letztes Mal hell auf …

Eine Geschichte

Es war einmal – so im April
Da war sie glücklich mit dem Mann
Ihr kleines Kind, es war nicht still
Es lachte und es weinte viel
Und hielt die drei ganz fest zusamm´

Die Sonne schien vom Himmelszelt
Es war ein wirklich schöner Tag
Da sang sie fröhlich in die Welt
Warm schien die Sonn vom Himmelszelt
Als plötzlich kam ein Schicksalsschlag

Ein Mann fiel schwer vom Baugerüst
Und jede Hilfe kam zu spät
Dort, wo ein Haus bald stehen müsst
Da fiel ein Mann vom Baugerüst
Ein Leben ward vom Wind verweht

Sie dachte grad an ihren Mann
Warum er wohl nicht kommen mocht´
Ein schwarzes Auto hielt sodann
Vor ihrem Haus – man klopfte an
Sie hat zum Mittag schon gekocht

Die Todesnachricht traf so schwer
Vorbei manch´ Traum – vorbei das Glück
Ihr Blick war starr und ziemlich leer
So mancher Mittag wiegt so schwer
Sie glaubte schon, sie würd´ verrückt

Ihr war nach Schreien und nach Tod
Da starrt' sie auf ihr Kindelein
Es schien bald wie ihr einzig Brot
Das sie bewahrte vor dem Tod
Das sie bewahrt' vorm Einsam sein

Sie nahm das Kind in ihren Arm
Und wischte sich die Tränen fort
Die Kindesstirn war friedlich warm
Sie hielt ihr Kind ganz fest im Arm
An jenem traurig kühlen Ort

Jetzt musst' sie stark sein für das Kind
Denn Papa kommt nun nimmermehr
Dort, wo so viele glücklos sind
Musste sie kämpfen für ihr Kind
Die Zeit verfloss - mal gut, mal schwer

Und eines nachts am Himmelszelt
Erstrahlte hell ein neuer Stern
Der gab ihr Kraft für das, was zählt
In dieser schwierig schönen Welt
Der Papa sang ganz leis von fern

Das alles war vor zwanzig Jahrn
Das Kind ist groß, die Mutter stolz
Es hat vom Papa nichts erfahrn
Der starb vor zwanzig langen Jahrn
Im Park nur weint ein Kreuz aus Holz

Liebe Omi

Liebe Omi, hörst Du mich
Bin noch immer auf der Welt
Und ich denk so oft an Dich
Sag mir Omi, hörst Du mich
Habe Angst, dass nichts mehr hält

Liebe Omi, hörst Du mich
Du bist weit, so weit von mir
Manchmal ist's so fürchterlich
Sag mir Omi, hörst Du mich
Bin manchmal nicht gerne hier

Liebe Omi, siehst Du mich
Ich denk ja so oft zurück
Hast so viel getan für mich
Weißt Du noch – und siehst Du mich
Such noch immer nach dem Glück

Liebe Omi, siehst Du mich
Manchmal ist's so dunkel hier
Und ich glaub, ich fürchte mich
Sag mir Omi, siehst Du mich
Auch die Mutti ist bei mir

Liebe Omi, weißt Du noch
Hast mir oft erzählt von Dir
Oft fiel ich ins tiefe Loch
Liebe Omi, weißt Du noch
Ach, ich wünscht, Du wärst noch hier

Liebe Omi, hörst Du mich
Singst Du mir ein Himmelslied
Ja, ich denk sehr oft an Dich
Liebe Omi, hörst Du mich
Ich hab Dich ganz dolle lieb

Ninas Engel

Was für ein furchtbares Jahr. Erst schlug sie ihr Freund krankenhausreif, dann floh sie mit ihrer zehnjährigen Tochter ins Frauenhaus.

Schließlich der Nervenzusammenbruch – und nun? Der Chef hatte sie zu sich gerufen. Mit fahlem Gesicht meinte er lediglich, dass die Firma bankrott sei. Kein Geld mehr, auch nicht, um sie zu bezahlen. Und wer bezahlte nun die Miete, die Kredite, die Schulden?

Nina hatte mit ihren fünfunddreißig Jahren schon eine Menge Mist erlebt. Die winzige Wohnung im zehnten Stock dieses grauen seelenlosen Betonsilos mitten in Marzahn, es war die Hölle! Irgendwann begann sie zu trinken. Drogen nahm sie nie. Und doch. Oft, wenn es dunkel war, lief sie die zwei Treppen hinaus aufs Dach. Dann schaute sie hinunter in den gähnenden schwarzen Abgrund und wusste nicht, ob sie springen sollte oder nicht. Wer wartete schon auf sie? Sandra, ihre Tochter hatte man ihr schon vor zwei Jahren weggenommen. Also – wofür lohnte es sich noch zu leben?

Auch diesmal stand sie dicht am Abgrund und starrte in die Tiefe. Nur noch ein winziger Schritt, doch sie tat es nicht. Mit Tränen in den Augen schaute sie auf – vor ihr breitete sich die riesige Stadt Berlin aus. Von hier oben sah alles so wunderschön und friedlich aus. So als ob es überhaupt keine Not und auch keine Sorgen gäbe. Der kühle Nachtwind spielte mit ihren langen blonden Haaren. Irgendjemand aus dem Haus hatte ihr mal angeboten, in einem Nachtclub als Tänzerin zu arbeiten. Vielleicht auch als Hostess in einem Bordell. Sollte sie das wirklich tun? Sich am Ende mit irgendwelchen fetten, feisten Kerlen im letzten Drogenrausch selbst verlieren? Alles für läppische fünfzig Euro die Stunde? Weinend brach sie zusammen.

Sie legte sich auf das Dach und starrte in den sternenklaren Himmel hinauf. Warum hatte sie kein Glück? Wer bestimmt das überhaupt? Immer waren es die anderen, die von tollen Urlauben und Familien mit vielen lachenden Kindern, die alles hatten, erzählten. Ein Haus im Grünen, wie lebt sich's denn dort überhaupt? So gern wollte sie es in diesem Moment erleben. Vielleicht für immer erleben? Nur einmal glücklich sein, ein einziges Mal. Aber hier, jenseits von Glücksseligkeit, jenseits aller Träume, eingepfercht in vierzig Quadratmetern Einsamkeit, da war das wohl niemals möglich!

Sie hörte, wie ihr Herz schlug – ja, es schlug noch immer. Sie war doch noch nicht tot. Sie lebte noch.

Als sie so nachdenklich in den Sternenhimmel blickte, bemerkte sie gar nicht, wie irgendetwas neben ihr erschien. Es war ein Engel mit leuchtendweißen Flügeln. Lange stand er auf dem Dach neben ihr und schaute zusammen mit ihr schweigend in die Unendlichkeit. Mit leiser

Stimme begann er zu sprechen: *„Es wird kalt hier oben. Willst Du nicht ins Haus gehen?"*

Nina erschrak nicht, als sie die fremde Stimme vernahm. Im Gegenteil, die warme sanfte Stimme erschien ihr beinahe wie ein Ruf aus einer anderen Welt, ein Singen fast. So als sei sie irgendwo anders, nur nicht auf einem kalten Hochhausdach. Sie schaute den Engel an und lächelte.

„Wie schön Du bist", flüsterte sie weinend, *„ich habe immer gewusst, dass es Engel gibt."*

Der kleine Engel strich ihr behutsam übers Haar und sagte dann: *„Ach weine doch nicht. Auch wir Engel sind allein, manchmal. Wenn wir zu Euch Menschen gehen, um für Euch da zu sein. Denn wir können nur in Eure Träume fliegen, wenn ihr allein seid. Fürchte Dich nicht. Ich bin immer bei Dir. Selbst, wenn Du hier oben stehst und an so furchtbare Dinge denkst wie eben noch. Du musst immer wissen, dass Dich jemand liebt. Denn Du bist einzigartig. Und Du bist stark, unglaublich stark."*

Nina glaubte, sie schwebte über ihrem Haus. So leicht fühlte sie sich plötzlich in jenem wundervollen Augenblick. So federleicht hatte sie sich nie zuvor gefühlt. Und auch noch nie so sicher. In Gegenwart dieses liebevollen Engels glaubte sie, nichts könnte ihr mehr geschehen. In ihrem Herzen spürte sie wieder neue Kraft und in den Armen und Beinen, selbst im Kopf schien neuer Lebenssaft zu pulsieren. Und noch etwas entdeckte sie tief in sich drin. Es war etwas, das sie schon glaubte, für immer verloren zu haben, die Liebe. Was für ein Wunder. Ja, es war ein Wunder, Ninas Wunder. Nur für sie ganz allein. Hier über den Dächern dieser großen Stadt. Selbst ein Flugzeug schien in diesem magischen Moment nicht höher fliegen zu können. Nicht einmal die Sterne schienen ihr zu weit. Es war alles so nah, so erreichbar nah.

Plötzlich wusste sie, dass sie alles erreichen konnte. Mit dieser neuen Kraft würde es ihr gelingen. Sie wollte dem Engel von diesen Gefühlen erzählen, wollte ihm sagen, wie gut sie sich plötzlich fühlte. Doch als sie aufschaute, war der Engel verschwunden. Nur der nicht endende Nachtwind verfing sich in ihren Haaren. Langsam stand sie auf und stellte sich noch einmal an den Rand des Daches. Noch immer war es furchterregend, diese Schwärze, dieser Abgrund vor ihr. Doch sie stand, fest und sicher, wenngleich auf diesem Hochhausdach. Und ihr wurde plötzlich klar, dass es völlig egal war, wo sie stand. Immer wird es schwierig sein. Auch anderswo. Ist die ganze Welt nicht wie dieses Hochhausdach? Hat man nicht überall die Wahl zu springen oder eben doch nicht? Ja, man hat die Wahl! Man hat immer eine Wahl! Die Wahl zwischen Leben und Tod. Die Wahl zwischen Aufstieg und Verdammnis. Die Wahl zwischen Menschsein und Verlorenheit.

Sie schlug den Kragen ihrer Jeansjacke hoch und ging zum Treppenhaus zurück. Als sie in ihre Wohnung kam, fühlte sie sich todmüde, aber nicht mehr lebensmüde und schwach.

Schweigend schaute sie sich um und lächelte. Ja, sie lächelte und wusste plötzlich, dass sie nicht allein war. Niemand ist wirklich allein. Engel gibt es überall. Auch in der engsten Hütte. Und in ihrem Herzen. Dort gab es jetzt keine Einsamkeit mehr. Nie gab es dort Einsamkeit. Ihr Engel war immer bei ihr, jetzt wusste sie es.

Hundemüde legte sie sich ins Bett und schlief schnell ein.

Am nächsten Tag suchte sie sich einen neuen Job. Zunächst arbeitete sie als Zeitungsbotin. Und sie verdiente nicht das große Geld. Aber sie fühlte sich gut, reich an Ideen und an Mut. Mut zum Weitermachen. Sie besiegte den Alkohol, trank nicht mehr, rauchte nicht mehr, nie mehr! Es war die Zuversicht, die in ihr lebte, die Hoffnung.

Mit dieser Hoffnung fand sie schließlich einen netten jungen Mann, der sie über alles liebte und mit dem sie sehr glücklich wurde. Die beiden bekamen einen Sohn. Und Sandra, ihr erstes Kind, wurde ihr wieder zugesprochen. Sie zogen in ein kleines Häuschen am Rande von Berlin. Und manchmal saßen sie bis nachts noch im Garten und spürten, wie der laue Sommerwind an ihnen vorüber strich.

Eines Tages hatte Nina eine fantastische Idee. Zusammen mit ihrem Mann gründete sie einen Verein für notleidende Mütter – er nannte sich *„Ninas Engel"*.

Die Abhängige

Ich treff sie dort, wo alles leer
In jener Bronx, am Rand der Zeit
Das Lachen fällt ihr schwer, so schwer
Und machen Traum, den gibt's nicht mehr
So manche Hoffnung scheint so weit

Die Spritze in der rechten Hand
Den Stoff fest in der linken Faust
Ansonsten total abgebrannt
So lehnt sie weinend an der Wand
Ein Dealer um die Ecke saust

Ich frage sie, wie's sonst noch steht
Ist sie alleine oder nicht
Sie sagt, ihr Leben sei verdreht
Für Kind und Mann sei's längst zu spät
Nur manchmal Sex
Jenseits vom Licht

Für zwanzig Dollar irgendwo
Dann reicht's auch für den nächsten Schuss
Sie meint, ihr Leben sei halt so
Für wenig Geld ins Nirgendwo
So sollt es sein wohl bis zum Schluss

Der Regen wäscht die Stufen ab
Auf welche sie ganz plötzlich sinkt
Ich will ihr helfen, sie winkt ab
Ein kalter Stein, einsames Grab
Hier, wo es nur nach Abfall stinkt

Sie schließt die Augen sanft und lieb
Wie manches Kind, das schlafen will
Was für ein Schicksal sie wohl trieb
An jenen Ort, wo's ewig trüb
Sie liegt nur da und schläft ganz still

Ich sitz bei ihr – der Mond scheint matt
Ich wein um sie
Doch sie ist fort
Man holt den Leichnam wortlos ab
Ob sie's im Himmel besser hat
Vielleicht ist's dort ein guter Ort

Es ist schon Nacht, so gegen 3
Ich fahre ins Hotel zurück
In jener Welt, wo alles frei
Hört niemand mehr den stummen Schrei
Den Drogentod, fernab vom Glück

Da spricht ein Pfarrer im TV
Und viele andre nicken brav
Man stellt die Armen dann zur Schau
Und spricht ansonsten klug und schlau
Und legt sich dann zum süßen Schlaf

Ich sah sie dort, wo alles schwer
In jener Bronx
Am Rand der Zeit
Die junge Frau gibt es nicht mehr
Sie starb ganz einsam, wortlos, leer
Es bleibt kaum Hoffnung
Nur noch Leid

Brief an einen Star

Ich sah Ihr Bild, sah Sie im Film
Und sah Ihr Spiel, die Ehrlichkeit
So schaute ich sehr lange hin,
zu jener Szene dort im Film
Vielleicht verträumte Sinnlichkeit

Natürlich und Eleganz
Ich denk, Sie sind ein großer Star
Sie brauchen keinen Mummenschanz
Natürlichkeit und Eleganz
Ihr Lächeln scheint mir sonnenklar

Ich sah Ihr Bild und weiß genau:
All Ihre Kunst schwelgt in Gefühl
Ja, was für eine tolle Frau
Ich sah den Film und weiß genau
Sie haben Herz und Charme und Stil

Irgendeine Frau

Der Nachmittag war gar nicht kalt
Die Sonne schien vom Himmelszelt
Die Frau im Spiegel schien ihr alt
Ward sie vielleicht schon Rentner bald
War dies der Preis für Arbeit, Geld

Hier im Büro blieb jeder jung
Hier sah auch jeder blendend aus
Der Chef verlangte reichlich Schwung
Sie war tagtäglich auf dem Sprung
Sehr spät kam sie alltags nach Haus

Sie freute sich auf Kind und Mann
Die Hausarbeit schien da nicht schlimm
Sie wollte geben, was sie kann
Sich selbst vergaß sie dann und wann
War dies ihr Lebens-Hauptgewinn

Die Frage hat sie nie gestellt
War ihr der Mann noch immer treu
Dort, wo nur Geld und Leistung zählt,
wird manche Frage nicht gestellt
Und mancher Traum verweht ganz scheu

Sie stand vorm Spiegel lange so
Ganz plötzlich schiens doch anders heut
In ihr schlug etwas, dass sehr froh
Vielleicht ein Duft von frischem Stroh
Vielleicht die Lust auf fremde Leut

Sie packte ihre Tasche schnell
und stahl sich leis aus dem Büro
Von draußen schallte Hund-Gebell
Und auch die Sonne schien recht grell
Nie ging sie von der Arbeit so

Vorm Hochhaus auf der breiten Straß´,
da sog sie ein die frische Luft
Die Straße war nicht regennass
Und viele Leute hatten Spaß
Dort, wo kein Mensch mehr nach ihr ruft

Sie tanzte über Stock und Stein
Ins nächste Wirtshaus, gleich ums Eck
Warum denn stets vernünftig sein
Warum immer gehorsam sein
Warum nicht mal ein andrer Weg

Derweil daheim, ganz ohne Freud,
da fragte man: Wo bleibt sie nur
Ja, irgendwas schien anders heut
Wo bleibt die Frau, die Mutter heut
Kommt jetzt der Alltag aus der Spur

Sie trug noch einmal richtig auf
mit Lippenstift, wild wie ihr Blut
Die Spießigkeit Sie pfiff darauf
Das Leben ist kein Dauerlauf
Der Wein war alt und ziemlich gut

Das erste Mal nach langer Zeit
fiel ihr vom Herz ein schwerer Stein
Der Alltag lag so endlos weit
Für einen Nachmittag befreit
Könnt das nicht jeden Tag so sein

Die Kirchturmuhr schlug Mitternacht
Sie schien beschwipst und schien so frei
Sie hat nicht lange nachgedacht,
sich einfach auf den Weg gemacht
Es sei so wie es eben sei

Mit einem Taxi fuhr sie heim,
und schaut´ durchs Fenster in das Haus
Der Mann, die Kinder saßen fein,
ganz brav vorm Fernseher – allein
Und hieltens ohne sie wohl aus

Leis schlich sie sich ins Bettchen dann,
und schlief schnell ein – ganz unverzagt
Am Morgen weckte sie der Mann,
sogar die Kinderchen sodann
Und sie stand auf – wie jeden Tag

Zwar fragte sie der Mann recht kurz,
wo sie am letzten Abend blieb
Doch war ihr alles ziemlich schnurz
Sie brauchte Kaffee, hatte Durst
Und hauchte leis: *„Ich hab Dich lieb"*

Dann fuhr sie in die Arbeit schnell,
als wenn es niemals anders wär
Vorbei an lautem Hund-Gebell,
war sie schon bei der Arbeit schnell
Vom Wein war ihr der Kopf noch schwer

Der Tag verging wie jeder Tag
Schien ihr die Frau im Spiegel alt
Von Kind und Mann zum Arbeitstag,
da stellte sie kaum eine Frag
Die Sonne schien, es war nicht kalt

Die Barfrau

Sie war allein mit einem Kind
Sie suchte nach dem großen Glück
Dort, wo die Träume *Träume* sind,
war sie allein mit ihrem Kind
Und wollt vom Leben auch ein Stück

Die zwölfte Straße jener Stadt,
im Hinterhof, dort in der Bar
Da wo man keinen Namen hat,
in dieser riesig kalten Stadt,
war sie allabendlich der Star

Die Männer fanden sie ganz toll
Und jeder wollt mal bei ihr sein
Sie war so schön, nicht männertoll
Und füllte alle Gläser voll
Und blieb doch stets für sich allein

Ihr blondes Haar zurechtgemacht
Die Lippen rot, das Röckchen knapp,
hat sie gesungen - chic, apart,
und viel gelacht die ganze Nacht,
und viel geweint an manchem Tag

Bei all dem Trubel in der Bar,
in jener zwölften Seitenstraß´,
schien ihr doch stets so sonnenklar,
dass sie hier niemals glücklich war
Sie wollte hier nie wirklich Spaß

Vielleicht sollt sie ganz einfach fliehn
Ins ferne Land am blauen Meer
Ganz einfach zu den Träumen ziehn
Und niemals mehr nach hinten sehn
Doch ohne Kind wärs tränenschwer

Still wischte sie die Tränen fort
Und schenkte noch mal kräftig ein
An diesem trüben lauten Ort,
da wischte sie die Träume fort
Und friedlich schlief ihr Kind daheim

Als sie dann ging im Morgentau,
schloss sie die Tür der Bar schnell ab
Das Märchen von der starken Frau
Sie kannte es wohl sehr genau
Sie hasste ihren Rock, der knapp

Zuhaus am Bett des Sohnes dann,
strich weinend sie ihm übers Haar
Sie war allein und ohne Mann
Und in der Bar ging's immer lang
Es war so wie es eben war

Und als im Traum der Kleine sprach,
da wusste sie, wofür sie's tat
Da dachte sie nicht lang mehr nach
Vergaß das ganze Weh und Ach
Und das, was man nicht denken mag

So schlief sie ein bei ihrem Kind,
wohl wissend, dass sie kämpfen muss
Ums Mietshaus wehte leis ein Wind
Daheim, wo Glück und Träume sind,
gab sie dem Kleinen einen Kuss

For Mom

Was für ein schöner Sommertag
Genau wie du ihn magst und liebst
Wie du so lachst an jenem Tag
An diesem hellen Sommertag
Weil du die beste Mama bist

Lass uns noch einmal träumen, ach
Lass uns noch mal spazieren gehn
Und denk nicht lange drüber nach
An jenem Tag, wo alles wach
Lass uns vom Fluss zum Ufer sehn

Die Stelle dort, bei jener Bank
Die unter dichten Bäumen lag
Weißt du das noch, hast du´s erkannt
Wir warn so glücklich hier im Land
Wir sprachen viel, ganz ohne Klag

Und manchmal, wenn es regnen tat
Da haben wir gelacht, geweint
So manche Krankheit, manch ein Schlag
Das schweißte uns an manchem Tag
Zusammen – hat uns fest vereint

Zu schnell verging die Zeit, manch´ Jahr
Doch ist´s egal, es war stets schön
Es bleibt so gut, wies immer war
An jedem Tag, in jedem Jahr
Weil wir uns immer gut vestehn

Egal, was ich auch immer schrieb
Es war für dich, für Mama war's
Dort, wo manch Sternenschnuppe zieht,
da sing ich dir das schönste Lied
das klingt für dich bis hin zum Mars

Der Strauß Gladiolen ist für Dich
„Wonderful World", dein schönstes Lied
Erinnerung an Dich und mich
An Sommertage sicherlich
Ach Mama, du, ich hab dich lieb

Die Hafenbar

Mir ging es schlecht, der Kopf wog schwer
So lief ich in der Stadt umher
Fand gleich am Hafen diese Bar,
die ganz aus Holz, gemütlich war

Am Tresen stand ´ne kleine Frau,
mit süßem Lächeln, Augen blau
Sie fragte mich, was mit mir sei,
und lud mich ein – ganz frank und frei

Ich setzte mich bei einem Bier
Die Barfrau setzte sich zu mir
Sie war so warmherzig, so lieb
Ihr Blick so manch´ Geschichte schrieb

Beim zweiten Bier erzählte ich
von meinen Sorgen, anschaulich
Von all dem Dreck um mich herum
Von meinem Leben, das so krumm

Sie hörte zu, hielt meine Hand
Sie meinte, dass sie mich verstand
Mir wurde da so Vieles klar
in jener kleinen Hafenbar

Sie sprach: „*Schau stets nach vorn zum Ziel*
Der andre Mist zählt nicht mehr viel
Dort vorn nur liegt der neue Tag
Geh weiter, denn du bist sehr stark"

Sie gab mir einen grünen Stein
Er sollt die Hoffnung für mich sein
Ich hielt ihn fest, er war so kühl
Und plötzlich sah ich jenes Ziel

Schnell wollt ich zahlen, wollte gehn
Die Frau doch wollt mein Geld nicht sehn
Sie winkte ab und wünschte mir
ein bisschen Glück, auch ohne Bier

Ich fühlte mich recht gut, recht stark
Und lachte wieder in den Tag
Mein Leben schien mir wieder leicht
Mein Schritt war kraftvoll, gar nicht weich

Am nächsten Tag, früh gegen Acht,
hab ich zur Bar mich aufgemacht
Wollt mich bedanken für den Stein,
bei jener Barfrau, die so klein

Doch als am Hafen ich dann stand,
die Bar ich nirgends wiederfand
Das Haus, wo gestern noch die Bar,
eine Ruine nur noch war

Ich fragte Leute auf der Straß:
„Wo ist die Bar -Zum dunklen Fass-"
Ein alter Mann erklärte leis,
dass er von diesem Hause weiß:

„Die Bar, die einst gestanden stolz,
die brannte ab, weil sie aus Holz
Und jene Barfrau starb dabei
Vor zwanzig Jahren war´s vorbei"

Recht schweigsam schaute ich aufs Meer,
und wünscht mir jene Barfrau her
Und wie aus einer andren Zeit
hört ich sie singen, so befreit:

„Schau stets nach vorn, zu deinem Ziel
Der andre Mist zählt nicht mehr viel
Den Stein halt fest in Hand und Herz
Leb wohl – und sieh mal himmelwärts"

Glogaulied
(Mamas Erinnerungen)

Breite Straßen, gutes Leben
Läden voller Frucht und Glück
Große Zeit und Gottes Segen
Du mein Glogau, du mein Leben
Bist wohl Schlesiens bestes Stück

An der Oder ewig liegen,
durch den Rosengarten ziehn
Weihnachtsbaum, die schönsten Blüten
Glogau, du mein Garten Eden
Ach, hier ist's so wunderschön

Doch so sollt es nie mehr werden,
denn der Krieg nahm alles fort
Glück und Garten fielen in Scherben
Gott, warum nur dies Verderben
Glogau ward zum schlimmen Ort

Richtung Westen wir dann zogen,
aus der Heimat, die so fern
Mussten weg, sind ausgeflogen
Hoch der Oder Schicksalswogen
Nein, wir flohen gar nicht gern

Frierend, mit dem Leiterwagen,
ging's nun über Stock und Stein
Hungernd, ohne Hemd und Kragen,
schwiegen wir, ganz ohne Klagen
Wollten endlich wieder heim

Auf dem Weg und in den Gräben,
tief im Wald, da lagen sie:
Ostarbeiter Nein, kein Segen
Ließen die uns wohl am Leben
Angst und Schmerzen – nachts und früh

Irgendwann gab´s ein Schluck Wasser
Und die Sonne brannte heiß
Mein Gesicht ward blass und blasser
Mutter sparte ein Schluck Wasser
Weiter ging die blutge Reis

Wie die Front schon näher rückte,
kamen wir ins fremde Land
Stählern mancher Alb da drückte
Todesgleich sich Glogau bückte
unterm Bomben-Feuerbrand

Nichts ward uns da noch geblieben,
tief nur die Erinnerung
Hat sich schwer ins Herz geschrieben,
sich ins Hirn, ins Mark getrieben
Wir sind alt nun, nicht mehr jung

Garnisonsstadt unter Bäumen
Glogau, einst so stolz und schön
Voller Frohsinn, reich an Träumen
Dort am Fluss, den Straßensäumen
Wollt so gern dich wiedersehn

Doch die Straßen liegen einsam
Meine Heimat gibt's nicht mehr
Ja, wir flohen einst gemeinsam
Jene Heimat, fern und einsam
Und die Hoffnung wiegt so schwer

Ach, es weint mir Herz und Seele
Glogau fließt durch Kopf und Blut
Wenn ich dann die Tage zähle,
ich mich durch mein Leben quäle,
brodelt Schwermut und auch Wut

Dieser Krieg bracht so viel Wunden,
nahm die Heimat mir und dir
Ach, wir weinen Stund um Stunden
Haben Neues zwar gefunden,
doch die Heimat niemals mehr

Hör noch immer die Sirenen,
die uns trieben aus der Stadt
Soviel Trauer, soviel Tränen,
will dafür mich niemals schämen,
weil ich so viel Sehnsucht hab

Neue Menschen können's richten
Glogau lebt noch, ist nicht tot
Dass die Dichter wieder dichten
Lasst die Alten euch berichten,
wie der Heimat Morgenrot

Heute fahrn wir Richtung Osten,
in die Heimat, Glogau, ach
Schon vorbei am Grenzen-Posten,
geht's noch einmal Richtung Osten,
hin zum heimatlichen Dach

Doch die Häuser aller Kindheit
sind längst fort, sind ausgebrannt
Traurig noch und reich an Blindheit
such ich nach der fernen Kindheit
Nach dem schönen Schlesienland

Glogau aber fand ich nimmer,
nur die Oder fließt dahin
Ab und an warnt leis ein Trümmer
Ferner Rosengarten-Schimmer
Fern die Heimat, fern der Sinn

Träum vom heimatlichen Lachen
Träum von dem, was nicht mehr da
Streichle Bäume, alte Sachen
In der Heimat blieb mein Lachen
In der Welt, so, wie sie war

Leise zieht ein Wind von Osten
Kündet von der Heimat mir
Zwar sind fort die letzten Posten
Und die alten Panzer rosten
Doch der Krieg ist noch all hier

Sagt es drum den Kindeskindern:
Niemals wieder Hass und Krieg
Wieder Weihnacht in den Wintern
Heimat schlägt in Herz und Kindern
Glogau bleibt mir ewig lieb

Die Mörderin

Sie saß ihr gegenüber
an dem viel zu großen Tisch
Sie stellte viele Fragen, aber sonst
Da war wohl nichts
Die Frau da gegenüber
hat getötet vielleicht – wohl
einen Mann, den Vergewaltiger,
so ganz ohne Groll

Ja, die Polizistin sah ihr tief ins Angesicht
Sie stellte viele Fragen,
aber sonst war wirklich nichts
Sie hat erzählt, dass sie einfach nichts bereut
Sie wurde vergewaltigt,
und ihr halfen keine Leut

Düster war der Raum, düster auch jenes Verhör
Manch´ Frage,
manche Antwort fiel so furchtbar schwer
Tränen schwiegen übers starre Angesicht
Überall nur Trauer,
jenseitig von irgendwelchem Licht

Immer wieder Stille, wenn sie nicht mehr sprach
Beide Frauen - dort am Tisch
Und so schrecklich wach
Das, was man ihr antat, war der schlimmste Tod
Nie mehr glücklich leben,
immer nur in allerhöchster Not

Und die Polizistin sah ihr traurig ins Gesicht,
schaut' in ihre Seele
und sie fand den Menschen nicht
Manche sterben plötzlich
Einfach vor der Zeit
Manche Frauen morden, wenn die Worte weit

Wieder dieses Schweigen,
dieser hoffnungslose Blick
Wer bringt dieser Frau
irgendein Vertrauen je zurück
Alles scheint gestorben, zäh die letzte Atemluft
Dort am Ende aller Leben
bleibt nur eine schwarze Höllengruft

Dann ist es zu Ende, dieses Mords-Verhör
Man schickt sie in die Zelle
Und das fällt so ungeheuer schwer
Ja, die Polizistin sah ihr tief ins Angesicht,
hat sie wohl verstanden, und sie weinte,
Und mehr war da nicht

Die Tänzerin

Irgendwie verklärt vielleicht
Eine Träne noch im Aug
Ist berühmt sie
Ist sie reich
Manchmal traurig auch
Vielleicht
Es ist ihre beste Schau

Ach, es war 'ne schwere Zeit
Harte Arbeit, viel Verzicht
Heut ist sie vom Glück nicht weit
Nein, sie fühlt sich nicht befreit
Streng manch' Züge im Gesicht

Viele Fragen wiegen schwer:
War es richtig
War's nicht gut
Ist sie heute wirklich wer
Ach, ihr Leben wiegt so schwer
Soviel Tanz liegt ihr im Blut

Düster scheint die Bühne jetzt
Nur Musik erklingt ganz leis
Ja, sie tanzt so unverletzt
Leicht und schön und nicht gehetzt
Ihr *Tutu* ist strahlend weiß

Und sie tanzt für sich allein
Nur ein Licht strahlt sie noch an
Warum stets alleine sein
Warum niemals Sekt und Wein
Schaut sie wirklich niemand an

Da bemerkt sie einen Blick
Er ist stark und trifft sie sehr
Und ganz langsam, Stück für Stück,
tanzt sie hin zu jenem Blick
Fühlt dabei sich traurig, schwer

Es ist eine fremde Frau
Ihr Gesicht im Schatten liegt
Doch ihr Blick ist sehr genau
Wer ist jene fremde Frau
Woher hat sie diesen Blick

Als sie näher tanzt und schaut,
staunt sie, denn die Frau vor sich
ist sie selbst, so sehr vertraut
Und sie weint und staunt und schaut
Sieht ihr eigenes Gesicht

Niemand sonst ist wohl zu sehn
Jenseitig von Traum und Show
Ach, sie tanzt so wunderschön
Möcht nicht von der Bühne gehn
Doch die Fremde scheint nicht froh

Da, das Licht verlischt ganz sacht
Und die Schau ist aus, *vorbei*
Längst ist es nach Mitternacht
Da geht aus das Licht ganz sacht
Aller Tanz scheint einerlei

Regungslos und leichenblass
geht sie von der Bühne schnell
Spürt nicht Trauer oder Spaß
Draußen ist es regennass
Nacht ist es und gar nicht hell

Plötzlich spürt sie es genau:
Tanzen ist ihr größtes Glück
Niemals war ihr Leben grau
Und es lacht die fremde Frau
Leicht tanzt sie zur Show zurück

Sie

Sie wollt doch nur 'ne Mutter sein
Für ihren Sohn – der weinte leis
Sie fühlte sich so sehr allein
Und wollt doch nur 'ne Mutter sein
Doch ihre Welt fror kalt wie Eis

Sie dielte oft, sie tat's für Geld
Und fixte manchmal einfach so
Sie wollte eine bessre' Welt
Und machte nachts es oft für Geld
Und war doch niemals richtig froh

Dann, eines nachts, so gegen 3
Nahm man sie fest und nahm sie weg
Mit allem Leben schiens vorbei
Es war so kalt des nachts um 3
Und in den Ecken lag der Dreck

Man sperrte sie recht zügig ein
Man fragte nicht, wie es ihr ging
Sie wollt doch nur 'ne Mutter sein
Man sperrte sie sehr lange ein
Im Knast gab's Mütter auch mit Kind

Dort hielt sie es nicht lange aus
Am Fensterkreuz war's, wo sie hing
Sie kam aus ihrem Tief nicht raus
Der Knast ist schlimm – ein Irrenhaus
So ohne Hoffnung, ohne Sinn

Der Wind fegt fort die Nacht, den Staub
So manches Leben nimmt er mit
Und zwischen Unrat, Muff und Laub
Zerfällt manch´ Seele schnell zu Staub
Nein, nichts bleibt übrig
Nicht ein Stück

Weiße Frau

Sturm bricht sich am Ufer drunten
Schlag den Kragen hoch und geh
Hab am Strand ein Kreuz gefunden
Es betrachtet Stund um Stunden
Hört ein Wimmern – ach und weh

Sah die weiße Frau von ferne
Sie entschwebte in die Nacht
Dunkelheit und keine Sterne
Es war kalt
Es fehlte Wärme
Hat die Frau dies Kreuz gebracht

Tosend brach das Meer am Strande
Hielt mein Kreuz fest in der Hand
Lief schnell zum Hotel im Lande
Meine Spur verwischt im Sande
Dort, wo ich dies Kreuze fand

Blitze zuckten da vom Himmel
Eine Stimme rief: *Hab Dank*
Und auf einem wilden Schimmel
Ritt die weiße Frau gen Himmel
Wo sie wohl den Tode fand

Irgendwann las ich die Worte
auf dem Kreuz – verwischt, ganz klein:
"Danke, dass Du warst am Orte
Ich muss nun zur Himmelspforte
Du sollst Herr des Meeres sein"

Seitdem leb ich an der Küste
Trag dies Kreuz stets auf dem Herz
Was ich wohl zu gerne wüsste:
Ob die Frau ich retten müsste
Und ich bete himmelwärts

Sehnsucht nach Glogau
Mamas Lied

Sehnsucht nach dem *„Nicht mehr da"*
Ferne Heimat
Irgendwo
Alles da, doch nichts ist klar
Und ich friere einfach so

Damals, als wir flohen, ach
Da war Krieg, der Weg so lang
Nirgendwo ein Heimat-Dach
Tausend Ängste
Trauersang

Meine Heimat gibt's nicht mehr
Längst zerschossen und kaputt
Träume sind so endlos leer
Heimatliebe: *Tod und Schutt*

Tränenmeer am Oderstrand
Glogau einst so stolz und schön
Jene Heimat dort mal stand
Doch sie sollt im Krieg vergehn

Sehnsucht nach dem Heimatland
Tief im Herzen bleibt es mir
Nirgendwo ich Frieden fand
Nur die Ruh ist ewig hier

Gedanken an Mama

Lange fahr ich durch den Schnee
Hinter mir die Spur verweht
Ich denk nur noch an dich
Gerade komm ich von dir
Du liegst in einem Krankenhaus
Im Wald
Und nun fahre ich wieder heim
Doch morgen bin ich wieder bei dir
Weil ich dich liebe
Und brauche
Erinnerungen spiegeln sich
Im verschneiten Wald
Am Straßenrand
Erinnerungen an meine Kindheit
Immer warst du da für mich
Jetzt bin ich es für dich
Du hast eine schwere Krankheit
Überstanden
Und ich bin jetzt da für dich
Der Schnee fällt dicht
Und die Scheinwerferkegel
Meines Wagens bohren sich hindurch
In meine Seele
Ich denk an dich
Und ich muss weinen
Was, wenn es anders gekommen wär
Bald schon kommst du wieder heim
Dann sind wir alle zusammen
Das ist das größte Glück
Für mich

Ich denk immerzu an dich
Und fahre durch das Schneetreiben
Die Spuren verwischen sich
Und in meinem Herzen ist so viel Liebe
Nur allein für dich
Ich hab dich so lieb
Mama

Das bisschen Leben

„*Was ist geschehen*", fragte sie
Man wusste nicht mal *wann und wie*
Das Kind lag tot im Garten dort
Der Tag war trüb
Ein schlimmer Ort

Die Mutter schwieg
Sie sagte nichts
Das bisschen Leben – fern des Lichts
Es war doch eine schöne Zeit
Ihr Kind und sie
Ein Glück zu zweit

So viel erlebten sie, *so viel*
Ihr Kind Zuhause und beim Spiel
Sie schaut′ die Fotos lange an
Und weinte auch – so dann und wann

Erinnerungen sind so tief
Das bisschen Leben
Nichts ging schief
Doch traf ihr Kind des Teufels Sohn
Und alle Hoffnung ward zum Hohn

Was ist das Leben
Was der Sinn
Warum das Leben
Wo geht′s hin
Hat Leben irgendeinen Zweck
Ist es am End′ vielleicht nur Dreck

Sie schwieg
Sie wusst die Antwort nicht
Wohin sie ging
Man weiß es nicht
Ihr Kind, die Urne nahm sie mit
Vom Leben blieb ihr nicht ein Stück

So oft sucht man nach einem Ziel
Ist Leben ernst
Ist's doch nur Spiel
Das bisschen Leben scheint nicht lang
Wohl weint man oft
So dann
Und wann

Babyklappe

Sonja hatte vor wenigen Tagen einen Sohn zur Welt gebracht. Sie nannte ihn Timmi. Aber sie hatte große Angst. Der Vater hatte sich aus dem Staub gemacht und den Kontakt zu ihr abgebrochen. Aber auch sie selbst wusste nicht, wie es weitergehen sollte. Seit Jahren war sie nun schon arbeitslos und hatte mit diesem Kind nun erst recht keinerlei Aussichten auf eine Arbeit. Überall wurde sie abgewiesen. Nicht einmal in ihrer Familie fand sie den nötigen Halt, denn ihre Eltern hatten selbst kein Geld, um sie zu unterstützen. So wusste Sonja weder ein noch aus.

Eines Abends saß sie in ihrer kleinen Wohnung in einem herunter gekommenen, lauten Mietshaus und schaute traurig und sehnsuchtsvoll aus dem Fenster. Der Regen perlte an den Scheiben herunter und dicke Tränen rannen ihr übers Gesicht. Was sollte sie nur tun? Sie sah keinen Ausweg mehr aus ihrer schwierigen Lage und wollte das Kind in eine Babyklappe bringen. Sie wusste, dass es gar nicht weit von ihrem Hause eine solche Klappe gab. Aber wie sollte sie es bewerkstelligen, ungesehen dort ihr Kind abzulegen? Wurde man dort beobachtet? Oder war wirklich so anonym, wie man sich erzählte. Und könnte sie sich überhaupt von diesem kleinen unschuldigen Wesen trennen, welches sie unter so vielen großen Schmerzen auf diese Welt gebracht hatte?

Sie starrte auf die regennasse Straße dort unten und spürte, wie die Hoffnungslosigkeit in ihre angekratzte Seele eindrang. War da etwa Schuld in ihrem verklärten Blick? Sie sah, wie Menschen mit aufgespannten Regenschirmen durch den Regen hasteten. Unzählige Autos fuhren zu irgendeinem unbekannten Ziel. Und sie? Hatte sie etwa keine Ziele mehr? Keine Träume mehr vom großen Glück, vom großen Glück mit Tim? Sollte sie nicht doch versuchen, Timmi aufzuziehen? Sie liebte ihn doch so sehr. Und wenn er sie mit seinen großen braunen Augen hilfesuchend anschaute, war ihr, als würde auch sie noch einmal ganz neu zu denken beginnen. Welch ein Wunder, dieses kleine Kind auf dem Arme zu tragen und ihm alles das zu geben was es brauchte, um zu leben. Es war doch gar nicht so viel, außer nur einem bisschen Liebe und Zuwendung. Hatte sie nicht einmal mehr das?

Ein wenig kraftlos hielt sie sich am Fenstergriff fest und dachte an Andy, ihren Freund. Warum musste er plötzlich verschwinden? Hatte er vielleicht zu große Angst vor der Verantwortung oder wollte er nichts mehr von ihr wissen? Hatte er sie überhaupt je geliebt? Sie wusste keine Antwort auf diese Fragen. Und sie ging zu Timmi. Er lag in seinem kleinen Bettchen und schlief so friedlich. Diese kleine Nase, dieser kleine Mund.

Vorsichtig und sacht streichelte sie ihm über sein winziges Köpfchen. Und es schien, als würde Timmi sie verstehen. Mit seinen kleinen Händchen wischte er sich übers Gesicht. Sonja lächelte, wie zerbrechlich doch dieses neue Leben war. Sie hatte die Verantwortung dafür. Und sie wusste es ganz genau! Aber die Angst war stärker und sie legte sich weinend auf das Sofa neben dem Kinderbettchen. Sie war doch Mutter und fühlte sich andererseits so fremd vor ihrem eigenen Kind. Es würde eine andere Mutter geben, die mehr Geld hatte und die Timmi ein schöneres Leben ermöglichen könnte, als sie es je hätte tun können. Ja, morgen würde sie zur Babyklappe gehen und Timmi dort abstellen.

Ruhelos stand sie noch einmal auf und setzte sich an den Tisch, um einen Brief zu schreiben. Sie wollte diesen letzten Brief in Timmis Korb legen, wenn sie ihn morgen bei der Babyklappe abstellte. Doch was sollte sie schreiben? Das sie zu arm sei, um dieses kleine Kind, *ihr* kleines Kind aufzuziehen? War das nicht zu billig? War das nicht zu schäbig? War nicht jedes Wort, welches sie schrieb, eine Lüge, eine Flucht vor der Verantwortung? Aber sie musste doch etwas schreiben, irgendwas! Verdammt, was?

Sie schrieb drei Zeilen und eine vierte noch dazu. Dann faltete sie den Bogen schnell zusammen und legte ihn in den Korb, in welchem sie morgen früh Timmi zur Klappe bringen würde. Schließlich legte sie sich wieder todmüde und erschöpft zurück aufs Sofa und konnte doch nicht einschlafen. Immer wieder wälzte sie sich hin und sie wälzte sich her, doch ihre Gedanken ließen sie einfach nicht zur Ruhe kommen. Manchmal hörte sie Timmi, ihren Sohn, wie er schmatzte. Dann weinte sie wieder in das weiche Kissen.

Am nächsten Morgen wusch sie sich ihr Gesicht. Mit reichlich Schaum wusch sie sich ab den schönen Kindertraum und all die Tränen, die sie weinte in der sternenlosen Nacht. Keiner sollte ihre Tränen sehen. Doch ihr Gesicht war so aufgedunsen, dass jegliche Schminke umsonst war. Sie starrte sich an und sie fühlte sich so schuldig und so einsam, ja, einsam auch. Dann nahm sie Timmi und legte ihn in seine schönste Decke und zog ihm die besten Sachen an.

Wie ein abgerissenes Stück ihres Herzens legte sie ihn ins Körbchen und lief los. Es war nicht weit bis zur Babyklappe. Die Tränen versteckt und ein künstliches Lächeln im Gesicht lief sie dreimal an der Klappe vorbei. Sollte sie es tatsächlich tun? Jetzt? Nur nicht mehr zu Timmi schauen, oder, doch? Da lag er schlafend in seinem Körbchen. Ob er schon träumen konnte? Sie hatte einige Flaschen Milch danebengelegt. Und auch noch andere Dinge – und diesen Brief. Diesen albernen dummen Brief. Diese Entschuldigung vor ihrem eigenen Versagen. Und wieder kroch die Angst in ihr hoch und lähmte ihren Schritt und ihre Gedanken. Sie konnte einfach nicht hineingehen und ihr eigenes Kind dort abstellen. Würde sie nicht ihr eigenes Leben abstellen, dort drinnen, irgendwo im

Nirgendwo? Konnte sie überhaupt so weiterleben, danach, nach dieser Tat? Wars ein Verbrechen, das eigene Kind wie einen alten Schuh auszusetzen, abzulegen, wegzugeben, einfach so? Noch hatte sie die Wahl! Doch was war das für eine Wahl? Eine Wahl zwischen Hoffnung und Verdammnis! Eine Wahl zwischen Leben und dem sicheren Seelentod! Eine Mutter, die keine Mutter mehr war? Wirklich keine Mutter? Sie liebte doch auch, wie jede andere Mutter. Sie hatte nur kein Geld und keinen Job! Und keinen Mann!

Sie brauchte noch eine letzte Minute Bedenkzeit, eine allerletzte Sekunde noch. Dann würde sie hineingehen. Ganz bestimmt würde sie das tun! Aber nicht jetzt! Sie ging zum Stadtpark, der gleich gegenüber begann und setzte sich weinend auf eine Bank. Sie hatte eine gute Sicht geradewegs hinüber zur Babyklappe. Da bemerkte sie eine fremde junge Frau, die mit einem Körbchen, so wie ihres war, vor der Babyklappe stand. Und sie sah, dass sich diese Frau immerfort die Augen wischte, mehrmals, immerzu. Dann griff sie behutsam in das Körbchen, ein allerletztes Mal. Was für ein Anblick. Gleich würde sie hineingehen und sterben!

Da packte es Sonja plötzlich und sie spürte einen heftigen Stich im Herzen und in ihrer Seele, die nicht erfroren schien. Sie nahm ihr eigenes Körbchen mit Timmi und rannte hinüber zur Babyklappe. Mit einem Ruck riss sie die Tür

141

auf und schrie: „*Nein! Tun Sies nicht! Sie werden es bereuen! Sie werden sterben! Es ist doch Ihr Kind! Es ist doch Ihres! Es braucht doch seine Mutter!*"

Die Frau stand an einem Tresen und hatte das Körbchen bereits daraufgestellt. Gerade wollte sie auf einen Knopf drücken, der an der Wand war, vermutlich die Klingel. Doch sie hielt inne. Sie drückte nicht. Ein Augenblick der Angst – was würde wohl geschehen? Der Atem beider Frauen stockte. Die Zeit stand still und die Erde drehte sich nicht mehr in jenem schicksalhaften Moment.

Die fremde Frau ließ ihren Arm sinken und taumelte. Sonja stand dicht hinter ihr und konnte ihren Herzschlag hören. Ganz instinktiv hielt sie ihre Arme auf und fing die taumelnde Frau auf darin. Und nicht ein Wort fiel, es war so still wie nie. In jenem Moment der Ewigkeit schien nichts mehr zu zählen, nur noch das Leben, das einfache Leben!

Als die Frau wieder zu sich kam, drehte sie sich langsam um und Sonja konnte ihr Gesicht erkennen. Sie erschrak, die fremde Frau da vor ihr, diese Frau war sie selbst! Wie konnte das nur möglich sein? War sie am Ende schon verrückt geworden? Hatte sie das alles derart mitgenommen, dass sie nun schon Gespenster sah?

Sie nahm ihr Körbchen und rannte aus der Klappe hinaus auf die Straße. Und plötzlich wusste sie genau, was sie wollte! Alles schien so klar! Sie wollte es allein schaffen! Und sie wusste, dass sie es schaffen würde. Sie schaute zu ihrem kleinen Sohn, der noch immer friedlich schlief. Er hatte nichts von alledem mitbekommen. Er lag nur da und schlief. Welch ein Friede da einzog in ihr Herz und in ihre Seele. Und sie sang leise ein Lied:

„Mein lieber kleiner süßer Tim,
Wir schaffen es durch diese Zeit
Und ist der Weg auch schwer und weit,
wir haben uns, wir sind zu zweit
Du bist mein Glück, mein Lebenssinn!"

Gerade wollte sie noch einmal in die Babyklappe schauen, wie es der seltsamen Frau noch drinnen ging, da bemerkte sie, dass die Tür verschlossen war. Und nun sah sie auch das kleine Schild, welches an der Tür hing. Dort stand: *„Diese Babyklappe ist geschlossen!"*

The Lady

Was für ein Traum um Mitternacht
So lange hast du nachgedacht
Dies wunderschöne Mädchen, ach
Es küsste dich so oft schon wach
Und Nebel wabert *dicht und sacht*

Ist sie noch da
Ist sie es nicht
Verklärt dein Traum
Verklärt das Licht
Sie tanzt mit dir und lächelt leis
Die Nacht scheint schwarz
Scheint doch so weiß
Was für ein Zauber, *dies Gesicht*

Die Jugend zieht an dir vorbei
Erlebnisse des nachts um 3
Was hat das Schicksal dir gebracht
Du hast geweint
Du hast gelacht
Manchmal so vieles *einerlei*

Die Zeit nahm alles mit sich fort
Dir blieb nichts übrig – nicht ein Wort
Nur die Gedanken in dir drin
Und diese Frau
Dein wacher Sinn
Und jener märchenhafte Ort

Dein Traum verklingt wie einst dein Lied
Du singst es noch
Weils dir noch blieb
Noch einmal winkt das Mädchen dir
Entschwindet in der Tränentür
Im Nebelschleier
Der verfliegt

Die Arbeitsvermittlerin

Wiedermal den Weg zum Amte
Stolpert sie so gegen 6
Noch ist sie die
Unbekannte
Stolpert schnell den Weg zum Amte
Das liegt vor ihr links
Dann rechts

Brötchen, Kaffee, diesen lauen
Ein Gespräch kurz auf dem Gang
In die Unterlagen schauen
Wie viel werden sich heut trauen
Und die Zeit scheint ewig lang

Auf dem Stuhl, dem harten, kalten
Nimmt sie Platz, schaut hin- und her
Menschen muss sie hier verwalten
Jenen Tag mit Sinn gestalten
Und manch Schicksal wiegt so schwer

Schon kommt rein der erste Kunde
Der sucht Arbeit
Oder nicht
Ziellos starrt er in die Runde
In der Seel klafft ihm 'ne Wunde
Angst sitzt tief ihm im Gesicht

Wut und Hoffnung muss sie kennen
Manchmal Härte auch
Und Mut
Nein, es bleibt kaum Zeit zum Flennen
Manchmal nachts ist Zeit zum Pennen
Oftmals glüht noch
Arbeitswut

Ja, sie weiß, man liebt sie selten
An dem Ort, wo gar nichts gleich
Jenes Amt der tausend Welten
Wo manch' Regeln kaum noch gelten
Hier wird niemand wirklich reich

Wenn die Kunden dann gegangen
Ordnet sie den Aktenberg
Hier, wo manches unverstanden
Wo sich niemals Menschen fanden
Schaut sie plötzlich recht verklärt

Packt die Tasche und hält inne
Ob sich das mal ändern wird
An der Decke eine Spinne
Leis tropft Regen aus der Rinne
Alles scheint total verkehrt

Sollt sie wirklich einsam bleiben
Haus und Auto
All dies Zeug
Kommen auch mal bessre Zeiten
Ohne Klar- und Ebenheiten
Ohne künstlich-glatter Freud

Doch dann wischt sie sich die Augen
Aus der Haut kommt sie nicht raus
Dieser Traum vom Meer, dem blauen
Schon versunken
Kaum zu glauben
Und sie trinkt den Kaffee aus

Stumm nimmt sie vom Eisenhaken
Ihren Mantel
Ihren Schal
Zwischen Mondlicht, Mücken, Schnaken
Wird sie durch den Regen waten
Morgen früh
Und wiedermal

Die Könnerin

Einst war sie Meisterin vom Lande
Sie schaffte alles
Sie war groß
Heut scheint sie nur noch eine Schande
Die tolle Meisterin vom Lande
Sie ballt die Hände längst im Schoß

Einst war sie Königin der Guten
Man glaubte alles, was sie sang
Heut muss das Volk nur leiden
Bluten
Fort scheint die Königin des Guten
Angstvoll die Zukunft
Ohne Klang

Einst war sie Kaiserin der Menschen
Sie einte alles, was entzwei
Heut scheint sie faul
Zu satt zum Glänzen
Enttäuscht die Leute
Und die Menschen
Das Glück im Land ist längst vorbei

Die Wärterin

Im Spiegel sieht sie ihr Gesicht
Im Knast-Büro am Rand der Zeit
Es ist nicht hell
Gefängnislicht
Die anderen verstehn sie nicht
Die Freiheit nah
Und doch so weit

Gleich Einschluss und dann muss sie raus
Die Häftlingsfrauen wollen viel
Hier drin in diesem engen Haus
Sieht Vieles so viel anders aus
So manches dort ist ernst, nicht Spiel

All ihre Sorgen sind nicht da
All das verbirgt sie gut und schlecht
Hier drin im Knast scheint vieles klar
Für andere ist sie wohl Star
Sie ist es nicht
Sie ist nur echt

Sehr streng scheint sie – ihr Ton recht hart
Unmissverständlich, was sie will
Und draußen wird sie auch nicht zart
Ein Wechsel zwischen hart und smart
Und manchmal wird sie ziemlich still

Ist Haar – ganz kurz
Und auch schon grau
So viele Sorgen sieht sie oft
Vielleicht ist sie 'ne starke Frau
Man hört auf sie
Sie ist genau
Bis an die Seel die Sehnsucht klopft

Und wenn sie weint, dann sieht man's nicht
Im Knast sind Tränen sehr verpönt
Gleich Einschluss, das verpasst sie nicht
Im seltsam müden Knast-Flur-Licht
So Vieles klar
Und nichts geschönt

Noch schaut sie in den Spiegel
Schweigt
Ist dieser Knast schon ihr Zuhaus'
Da ist nicht viel, was da noch bleibt
Ein klares Leben
Sie ist frei
Gleich Einschluss
Und sie muss jetzt raus

Oma Paulsen

Es war ja nur ein bisschen Ruhe, was sie sich am Abend ihres langen Lebens noch wünschte. Oma Paulsen lebte in einem idyllisch gelegenen Pflegeheim am Rande einer großen Stadt. Irgendwie spürte sie einen Hauch von Abschied in sich. Sie konnte es niemandem beschreiben und sie hatte auch keinen, dem sie es hätte sagen können. Wenn sie in ihrem Bett lag, schaute sie oft durch das geöffnete Fenster hinauf in den Himmel. Die Sterne schienen ihr so nah, viel zu nah. Sie wollte eigentlich noch gar nicht dorthin. Doch sie fürchtete sich nicht. Manchmal hörte sie den Mond, wie er zu ihr sprach: *„Komm, komm zu mir. Brauchst jetzt endlich Ruh. Ich warte auf Dich."*

Dann schloss sie ganz schnell ihre Augen und schlief ein. Das tägliche Einerlei ließ sie schon lange kalt. Sie kannte es ja immerhin lange genug. Und wer sollte sie jetzt noch bekehren Immer musste sie sich durchkämpfen. Geschenkt wurde ihr nie etwas. Da hieß es nur: Durchhalten Und immer, wenn die Krankenschwester nach ihrem Befinden fragte, zog sie ein saures Gesicht und meinte dann zickig: *„Na, wie soll es mir schon gehen Ich leb ja noch Holen Sie mir lieber eine Tasse Tee."*

Dann lief sie mit ihrem Stock, so schnell sie noch konnte, hinaus in den Park. Auf der alten Bank unter den Linden, wo sie keiner fand, träumte sie vor sich hin und erinnerte sich an die alten, längst vergangenen Zeiten:

Ach liebe Oma Paulsen
Du denkst so oft ans Glück
Du warst so jung an Jahren
Und warst einst so verrückt

Ach liebe Oma Paulsen
Der Wind streicht durch Dein Haar
Jetzt träumst Du untern Linden
Von dem, was damals war

Ein bisschen wehmütig schaute sie hinüber zu dem kleinen Teich im Schilf. So gern würde sie noch mal in das kühle Nass springen, so richtig kraftvoll und mutig. Nein, ängstlich war sie damals nie. Doch das Alter hatte wohl die Knochen weichgemacht, aber nur ein ganz klein wenig. Die alte Bank war niemals schmutzig. So oft, wie sie auf ihr gesessen hatte, blieb nahezu kein Stäubchen auf ihr haften. Nur die weiße Farbe blätterte so langsam von ihr ab. An diesem Tage regnete es, und es wollte einfach nicht mehr aufhören. Eigentlich wollte die Schwester nicht, dass Oma Paulsen bei diesem Wetter nach draußen ging. Schließlich blinzelte aber doch noch die Sonne durch die Wolken. Und die sonst so mürrische Schwester ließ sich umstimmen. Draußen war es kühl und über dem Gelände lag ein würzig frischer Geruch von feuchtem Laub. Oma Paulsen liebte das sehr und atmete tief ein.

In jeder Ecke des Parks hatte sich der Herbst niedergelassen. Doch irgendwie schien es viel stiller als sonst zu sein. Kein Vogelgezwitscher, kein Rascheln, nichts. Nur unzählige Regenwürmer sielten sich in den Pfützen der morastigen Wege.

Plötzlich fühlte sie sich wieder jung und unendlich stark. Vielleicht lag das ja an der frischen Luft und an dem würzigen Aroma, welches unablässig in ihrer Nase kitzelte. Die alte Bank unter den mächtigen Linden war trocken geblieben. Im Wasser des kleinen Teiches spiegelte sich die noch immer anwesende Sonne wider. Was für ein wunderbares Schauspiel der Natur. Von der Sonne geblendet hielt sie sich die Hand vors Gesicht und nahm genüsslich auf der Bank Platz.

„Ach, wie herrlich", seufzte sie leis. Als sie ihren Stock an die Bank lehnte, fiel ihr ein Briefumschlag auf, der zwischen den morschen Latten der Lehne klemmte. Erstaunt zog sie den Umschlag hervor.

„Wie kommt der denn hierher Hat den jemand vergessen", wunderte sie sich. Der Umschlag war total durchnässt und der Regen hatte die Buchstaben bereits verwischt.

Nervös holte sie ihre starke Hornbrille aus der Manteltasche hervor. Dann versuchte sie, die Schrift auf dem Umschlag zu entziffern.

„An Oma Paulsen" stand da fast schon unleserlich geschrieben.

„Das gibt's doch gar nicht", rief sie erstaunt. Neugierig riss sie den Umschlag auf und zog den sorgfältig gefalteten Bogen heraus. Dann las sie die handgeschriebenen Sätze: *„Hochgeschätzte Frau Paulsen. Ich habe Sie schon ein paar Tage hier im Park beobachtet und festgestellt, dass ich sie kenne."*

Verunsichert schaute sie sich um. Wer konnte das gewesen sein Sie konnte aber niemanden entdecken und las weiter. *„Übrigens kennen Sie mich auch. Erinnern Sie sich, damals in Berlin, gleich nach dem Krieg Sie haben mich aufgelesen und gepflegt. Ich war damals noch ein kleiner Junge und ich hatte keine Eltern mehr. Vielleicht fällt es Ihnen wieder ein Mein Name ist Adrian aus Breslau. Also dann schöne Stunden noch"*

Mit zittrigen Händen faltete sie den Brief zusammen und wischte sich die Tränen aus den Augen. Ja, natürlich erinnerte sie sich noch. Adrian, der kleine Junge, der immer groß sein wollte und auch immer zu Scherzen aufgelegt war. Auf einmal war er mit Sack und Pack verschwunden, ohne zu sagen, wohin er wollte. Sie kam damals nicht darüber hinweg. Und auch jetzt, nachdem sie diese Zeilen gelesen hatte, schien ihr plötzlich das Herz zu zerbrechen. Allein der Gedanke an Adrian, an die Nachkriegszeit. Wie haben sie damals gekämpft um ein Stück Brot. Stein auf Stein haben sie gestellt, die Trümmer des Krieges weggeräumt. Die Männer waren im Krieg geblieben. Sie schaute sich noch einmal um. Irgendwo musste er doch stecken. Sicher beobachtete er sie, sie fühlte es genau. *„Adrian"*, rief sie laut, *„kommen Sie doch hervor, ich weiß, dass Sie hier sind"* Aber es blieb ruhig. Nur eine riesige Regenwolke hatte sich vor die Sonne geschoben. Es wurde immer dunkler und die ersten Tropfen rieselten zur Erde. Jetzt wurde ihr die Sache zu dumm. Außerdem fror sie ein wenig. Sie stand auf und begab sich langsamen Schrittes zurück zum Haus. Plötzlich tippte ihr jemand auf die Schulter. Sie erschrak, doch hatte sie irgendwie darauf gewartet. Lächelnd drehte sie sich um.

„Adrian, Sie"

„Nein Du", sagte der ältere Herr hinter ihr. Mit seinem schlohweißen Haar auf dem Kopf nickte er wie ein kleiner Junge und drückte sie fest an sich. Sie hatte ihn sofort erkannt, als hätte es die vielen Jahre dazwischen nie gegeben. Die beiden begaben sich zurück zur Bank. Adrian spannte seinen großen schwarzen Stockschirm auf und die beiden unterhielten sich darunter, bis es dämmerte. Kalt wurde es, doch das störte die beiden nicht.

„Gefällt es Dir wirklich hier im Heim", fragte Adrian mit leiser Stimme.

„Lass uns einfach abhauen. Komm mit zu mir in mein kleines Haus am Waldrand. Wir eröffnen ein Detektivbüro und beobachten die Leute, heimlich, ohne dass die etwas merken"

Oma Paulsen warf Adrian einen misstrauischen Blick zu. Hatte er das wirklich ernst gemeint Ein Detektivbüro, in unserem Alter, verrückt. Na ja, so war er ja schon immer.

Sie wollte ausweichen. Aber als sie an das tägliche Einerlei, die ewig fürsorgliche Schwester und die triste Einsamkeit dachte, willigte sie ein.

„Wann soll´s denn losgehen", erkundigte sie sich grinsend. Adrian hob den Kopf und meinte dann vielsagend: *„Na sofort, komm"*

Die beiden erhoben sich und versteckten sich zunächst hinter einer dichten Hecke. Aus der Ferne ertönte bereits die nervige Stimme der besorgten Schwester. Doch sie konnte Oma Paulsen nicht finden. Die lag vergnügt in Adrians Armen und freute sich diebisch, der Schwester eins ausgewischt zu haben. Dann begaben sich die beiden Flüchtlinge auf Umwegen zum Parkplatz, wo Adrians Wagen stand. Sie stiegen ein und brausten davon. Unterwegs lachten sie aus voller Kehle und Oma Paulsen war so glücklich wie schon seit Jahren nicht mehr.

„Aufregend, aufregend", stieß sie hervor und trällerte dabei vergnügt einen Schlager aus ihrer Jugendzeit. Die beiden kehrten niemals mehr zurück und nur der Mond wusste, wo sie jemals ankamen …

Familiendrama

Sie lebte gut am Waldesrand
Mit Kindern, Gartenteich und Job
Ein schönes Haus dort, auf dem Land
Jetzt ist sie tot
Was für ein Schock

Man fand sie hinterm Haus
Im Teich
Das Wasser war vom Blut so rot
Sie war erfolgreich
Doch nicht reich
Man schoss sie nieder
In den Tod

Vom Mann war sie schon lang getrennt
Die beiden Kinder noch sehr klein
Den Nachbarn war sie niemals fremd
Sie war sehr nett
Trank manchmal Wein

Doch eines Tages in der Nacht
War da ein Fremder
Wars ein Freund
Hat Zutritt sich zum Haus verschafft
Ein Schuss, kein Schrei
Und ausgeträumt

Man fragte alle Nachbarn aus
Doch keiner hat den Mord vollbracht
Jetzt steht es leer, das kleine Haus
Und dunkel wird's dort in der Nacht

Da fand die Waffe man im See
Daran ein winzig kleines Schild
Als fiel der erste Winterschnee
Hat sich der letzte Fluch erfüllt

Die Schusswaffe war registriert
Auf einen Mann
Den Ehemann
Wohl hat er alle angeschmiert
Er kam und hasste
Schoss sodann

Man nahm ihn fest
Und er gestand
Er wollt die Kinder ganz für sich
Als er die Kleinen nirgends fand
Hat er geschossen
Fürchterlich

Sie war an einem falschen Tag
Am falschen Ort
Zur falschen Stund
Ihr Mann wollt alles, ohne Frag
Er war nicht krank
Und nicht gesund

Er weinte, als er das gestand
Die Kinder kamen schnell ins Heim
Ab jenem Tag, als man sie fand
Sollts niemals mehr wie früher sein

Nur eine Meldung im TV
Ein Drama irgendwo im Land
Sie war ´ne Mutter
Eine Frau
Ein Schicksal nur
Am Waldesrand

Die Wahrsagerin

Tagtäglich so ab sieben Uhr
ist sie vor Ort – ihr Lächeln pur
Sie ist stets auf dem letzten Stand,
und hört sich alle Sorgen an

Sie gibt auch Rat und warnt schon mal
Sie fühlt sich wohl, kennt keine Qual
Bei jedem sieht sie Reichtum, Glück,
dass niemals kommt ein Missgeschick

Ja, sie verkauft manch´ Sehnsuchtstraum
Und schwärmt von Sekt mit ganz viel Schaum
Sie ist die Fernsehqueen, hat Geld
Man kennt sie auf der ganzen Welt

Doch irgendwann gen Mitternacht,
die Kameras längst ausgemacht,
da spürt sie plötzlich einen Stich
Im Herzen schmerzt es fürchterlich

Ein Schwindel zieht durch Aug und Hirn
Und Schweiß tropft schwer ihr von der Stirn
Sie weiß nichts mehr – was ist nur los
Sie ruft ganz laut: *„Was mach ich bloß"*

Doch schlägt nur Schweigen da zurück
Panische Angst, sie wird verrückt
Und ihre Seele sinkt behänd
dorthin, wo man sie nicht mehr kennt

Vorbei an all den Menschen fällt
sie nach unten und zerschellt
All jene Wünsche, all das Glück
was sie einst riet, bleibt weit zurück

Und wie sie liegt am tiefsten Punkt,
und nichts mehr sieht und nichts mehr summt,
da spricht jemand zu ihr ganz leis:
„Dies ist für all dein Glück der Preis"

Wie Schuppen fällts ihr da vom Blick
Sie muss nach Haus
Sie muss zurück
Denn all die Wünsche, all das Geld,
sind wohl nicht das, was wirklich zählt

Und all die Worte, die sie sprach,
all jene Weissagungen, ach,
die bringen nichts und sind nicht echt
Man macht es niemals allen recht

Am End bleibt nur der eigne Weg,
den man sehr selten recht versteht
Das einzige, was wirklich gut,
bleibt nur das Leben, ist das Blut

Ganz langsam steht sie wieder auf,
kommt ganz real zum Licht herauf
Und sie beginnt den neuen Tag
mit klarem Blick und ohne Frag

Sie weiß es jetzt und fühlt sofort
Man muss nicht ewig sein vor Ort
Kein Mensch weiß überall bescheid
Das wahre Glück kommt mit der Zeit

Frau Holle

Ziemlich hoch im Wolkenzelte
Lebte sie für sich allein
Schaute traurig auf die Welte
Von dort oben, ihrem Zelte
Wollt so gern mal Mutter sein

Doch zu ihr, welch schlimmes Leben
Kam niemals ein netter Mann
Ach, sie wollt doch Liebe geben
Und ein Kind, ein schönes Leben
Ein Familienglück sodann

Aller Traum jedoch blieb ferne
Mann und Kind – nie kam´s zu ihr
Lang schaut sie zu manchem Sterne
Alles Glück schien viel zu ferne
Keine Freude, keine Zier

Da begann sie sich zu rächen
Holte sich, was sie gewollt
Nutzte aller Menschen Schwächen:
Mit der Gier wollt sie sich rächen
Zauberte ein Tor aus Gold

Damit lockte sie manch´ Mädchen
Und versprach das große Geld
Ach, es kamen aus dem Städtchen
Viele junge, hübsche Mädchen
Durch das Tor zur Wolken-Welt

Zur Begrüßung gab es Kuchen
Daunenbettchen wunderschön
Niemals gab es Grund zum Fluchen
Herrlich schmeckten Torten, Kuchen
Nein, kein Mädel wollte gehn

Doch wenn aller Tag vergangen
Kroch empor die schwarze Nacht
Plötzlich zischten tausend Schlangen
Dort, wo längst der Tag vergangen
Hat sich Unglück breitgemacht

Da, zur Hex ward die Frau Holle
Und ihr Wolkenhaus zerfiel
Formte sich zur schwarzen Scholle
Blitze zuckten um Frau Holle
Ach, es war ein böses Spiel

Alle Mädchen, die dort oben
Längst gefangen in der Scholl
Als die Wolken fortgezogen
Warn die Mädchen nicht mehr oben
Brach entzwei dies Tor aus Gold

So verschwanden hundert Mädchen
Keiner ahnte je wohin
Traurig lag nun Welt und Städtchen
Denn es fehlten junge Mädchen
Und es fehlte Glück und Sinn

Doch ein junger Prinz vom Meere
Hörte von dem Trauersang
Und er kam ganz ohne Heere
Mit dem Boot weit übers Meere
Und er suchte tagelang

Bis er sah die dunklen Wolken
Wo Frau Holle arglos war
Mit 'nem Luftschiff unbescholten
Flog er hoch bis zu den Wolken
Und sein Sieg schien sonnenklar

Er entdeckte jene Scholle
Wo die Mädchen eingesperrt
Doch da war auch noch Frau Holle
Die verteidigte die Scholle
Ihr Gesicht von Wut verzerrt

Kraftvoll hob der Prinz den Degen
Stach in jene Wolkenpracht
Dort heraus stob wilder Regen
Alle Mädchen warn am Leben
Als die Scholle laut zerkracht

Und im Luftschiff fröhlich singend
Flog der Prinz die Mädchen heim
Ach sie tanzten lustig springend
Durch das Städtchen rufend, singend
Alle konnten glücklich sein

Und Frau Holle in der Wolke
Die kam niemals wieder her
Denn das Tore aus purem Golde
War nur Lüge, wie die Wolke
Die Frau Holle gibt's nicht mehr

Intensivstation

Die Mutter liegt im Krankenhaus
Auf einer Intensivstation
Tief in mir drin sieht's düster aus
Die Mutter liegt im Krankenhaus
Ich lieb sie sehr
Ich bin ihr Sohn

Geh jeden Tag zu ihr dorthin
Dort scheint mir alles fremd, steril
Die Mama wollte nie dorthin
Und ich geh jeden Tag dorthin
Hoff auf ein Wunder, gar nicht viel

Die Apparate piepsen leis
Die Schläuche liegen überall
Der Kreislauf ist mal dünn, mal heiß
Ich weiß nicht mehr, was sonst ich weiß
Mein Leben ist in freiem Fall

Hab so viel Fragen in mir drin
Stell sie dem Arzt, der Schwester auch
Wie geht's nur weiter, wo geht's hin?
Tief hämmern Fragen in mir drin
In meinem Hirn zieht Angst und Rauch

So viel geht mir durch Mark und Sinn
Und durch mein Herz, das schmerzt so sehr
Geh jeden Tag zu ihr dorthin
Und weiß ansonsten nicht wohin
Ach, meine Seele wiegt so schwer

Manchmal spricht Mama leis ein Wort
Das ist so kostbar, wichtig, lieb
An diesem schwierig schweren Ort
Zählt jedes Streicheln, jedes Wort
Zählt mein Gebet, dass leise zieht

Die Schnabeltasse auf dem Tisch
Mit Wasser, Brei gefüllt nur halb
Ach Mama, warum trinkst du nicht
Ich halt die Tasse doch für dich
Kommst du nach Hause wieder
Bald

Die Mutter ist im Krankenhaus
Auf einer Intensivstation
Mit meiner Hoffnung halt ich's aus
Bin jeden Tag im Krankenhaus
Ich lieb sie sehr
Ich bin ihr Sohn

Die Weihnachtsfrau

Die Tür fiel zu, er ist jetzt fort
Er ging, er floh ganz ohne Wort
Sie hielt den Rücken ihm stets frei
Jetzt scheint dies alles einerlei

Die fremde Frau, dies Flittchen, ach
Das gab ihm flugs ein neues Dach
Er fiel drauf rein und sagte kühl,
Das alles hier ihm nicht gefiel

Die Einsamkeit in jenem Haus
Macht sie zur wirklich grauen Maus
Die Kinder sind längst irgendwo
Und alles scheint nur *"einfach so"*

Sie fühlt sich hilflos, krank und schlecht
Sie macht es allen immer recht
Das große Haus – er wollt es nicht
Die Ehejahre gibt's wohl nicht

Das Regenwasser tropft herab
Und wäscht die Fensterscheiben ab
Sie schaut zum Wald gleich hinterm Haus
Sieht so die tolle Zukunft aus

Am nächsten Morgen ist es still
Kein Mann, kein Kind, auch sonst nicht viel
Da, in der Zeitung wie ein Hohn:
Man sucht nach Weihnachtsmännern schon

Und weil mit Fünfzig sie zu alt
Für einen Job, für Arbeit halt
Wischt sie die Tränen vom Gesicht
Und geht hinaus
Und trauert nicht

Nach frischen Schrippen sehnt sie sich
Nach Kaffeeduft, nach Tageslicht
Nach einem Wort, nach einem Ziel
Sie will jetzt raus, das ist nicht viel

Dort taucht sie ein ins Menschenmeer
In ihrem Kopf ist nichts mehr leer
Sie weiß jetzt, was sie wirklich will
Sie hat noch Würde, Kraft und Stil

Schlägt ein den Weg zum Arbeitsamt
So viele sind dort unerkannt
Sie redet viel und weiß genau:
Sie wird nun eine Weihnachtsfrau

Auch wenn sie raus aus dem Beruf
Hört sie den lauten, stummen Ruf:
Los, zeig es allen endlich, jetzt
Du bist ein Mensch
Wenngleich verletzt

In einer Garderobe dann
Zieht sie das Weihnachtskostüm an
Spürt plötzlich, dass man sie noch braucht
Es hilft nichts, wenn man untertaucht

Sie will was tun
Denn sie ist da
Fast alles scheint ihr wunderbar
Als Weihnachtsfrau am Weihnachtstag
Stellt ihr manch´ Kind so manche Frag

Ja, endlich ist sie wieder frei
Und hat auch wieder Spaß dabei
Als Weihnachtsfrau am Weihnachtsmarkt
Hört man ihr zu, denn sie ist stark

Am Heilig Abend irgendwann
Trifft sie auf einen Weihnachtsmann
Der lebt allein mit seinem Kind
In einem Haus,
Wo Kühe sind

Die beiden treffen sich nun oft
Sie spürt ihr Herz, es klopft und klopft
Ein neues Leben sie nun hat
In ihrer Welt
In dieser Stadt

Die Weihnachtsfrau
Der Weihnachtsmann
Sind wieder glücklich, froh sodann
Wenn alles Leben stehenbleibt
Muss man hinaus
Denn es ist Zeit

Die eine und die andere Frau

Am Straßenend' der dunklen Stadt
Da lebte sie, so ziemlich schlecht
Da, wo kein Name Namen hat
War sie in Not
In jener Stadt
Sie schaffte an – mehr schlecht als recht

Das Geld zu knapp, die Sorgen groß
Manch' Wünsche lange nicht mehr da
So viele küssten ihren Schoß
Oft dachte sie: „*Was mach ich bloß?*"
Und es geschah, was da geschah

Am *andern* Ende jener Stadt
In einem Festsaal riesig, schön
Saß die Ministerin am Tisch
Es gab viel Schampus, Creme und Fisch
Wild wollt sie sich im Tanze drehn

Weit alle Sorgen, weit die Not
Sie hatte Geld und Macht und Freud
Nie war da Angst ums *Täglich-Brot*
Und ihre Lippen glänzten rot
Ach, aller Ärger lag so weit

Doch plötzlich ward es schwindlig ihr
Sie stürzte, fiel und lag so da
Es war des Nachmittags, nach 4
Da ward es plötzlich übel ihr
Man brachte sie ins Krankenhaus

173

Auch jene Vorstadt-Lady fiel
Ihr ging's so schlecht wie selten mal
Ihr Freier floh, ganz ohne Stil
Er zahlte nicht
Es war nicht viel
Ihr ging's nicht gut – was für 'ne Qual

So lagen beide Frauen dann
Im Krankenhaus nur Wand an Wand
So dicht an dicht und nebenan
Warn sie sich ziemlich nah sodann
Die eine bald zur andern fand

In jener Nacht, der Mond stand hoch
Da schlichen heimlich sie sich raus
Ein Mondlicht übern Parke kroch
Die beiden Frauen
Kränklich noch
Sie trafen sich im Park am Haus

Zwei Blicke musterten den Ort
Zwei Welten in der Dunkelheit
Noch fiel kein Satz
Noch fiel kein Wort
Zwei Frauen zwischen *Hier* und *Dort*
Und alles Schicksal schien so weit

Sympathisch fanden sie sich bald
Sie sprachen über dies und das
Zwar war die Dunkelheit recht kalt
Doch fühlten sie sich jung, nicht alt
Hier draußen zwischen Nacht und Spaß

Wenn auch die Unterschiede stark
Warn sie da draußen ziemlich gleich
Sie fühlten sich so leicht und stark
In jenem kleinen Schicksals-Park
Dort zählte weder Arm
Noch Reich

Todmüde schlichen sie zurück
In ihre Zimmer, ihre Welt
Für kurze Zeit ein wenig Glück
Vom Leben auch ein kleines Stück
Ein wenig Menschsein, das noch zählt

Nach einem Jahr
Zur gleichen Stund
Sahn sich die Frauen irgendwo
Sie schienen leicht und auch gesund
Geändert war längst Job, Mann, Hund
Fürs neue Leben
Einfach so

Gemeinsam wanderten sie aus
Ins ferne Land
Wo´s warm und blau
Vorbei manch´ Armut,
Saus und Braus
Sie bauten sich ein Ranger-Haus
Die eine und die andere Frau

Die Frau an der Grenze

Tagtäglich ist sie unterwegs
Sie ist noch jung, scheint doch so alt
Mit scharfem Auge wacht sie stets
Auf schmalem Pfad
Nach vorne geht's
Am Felsen und tief drin im Wald

Die Grenze zieht sich ewig hin
Da, Nordkorea, gar nicht weit
Warum die Grenze
Welcher Sinn
Sie schaut nach drüben traurig hin
Und es vergeht die Zeit
Die Zeit

Sie muntert die Soldaten auf
Die warten schon an ihrem Platz
Mit ihrem Pickup fährt sie rauf
Auf manchen Felsen
Obendrauf
Dies weite Land
Was für ein Schatz

Und manchmal weint sie einfach so
Die Grenze ist so mörderisch
In Süd und Nord ist man nicht froh
Konflikte gibt es einfach so
Nur Schweigen, Tränen
Lediglich

Ich seh sie lachen irgendwann
Als sie vom fernen Frieden spricht
Mit ihrem Pickup fährt sie dann
Den nächsten Stützpunkt leise an
Und ihre Hoffnung nie erlischt

Ich schau nach Norden
Greifbar nah
Versteh nicht deren Wut und Hass
Es sind doch Brüder
Schwestern gar
Sie sind doch eins
Das ist doch klar
Ein lauer Wind streicht übers Gras

Doch dann muss sie schon wieder fort
Ich wink ihr noch
Sie schaut zurück
Was für ein rätselhafter Ort
Die starke Frau mit starkem Wort
Und sie fährt runter
Dann hinauf

Ihr letzter Sommer

Es war ihr letzter Sommer
So weit entfernt, am Fluss
In abendlicher Kühle
Da gab es Eis am Stiele
Es war der letzte Sommer
Es war ihr letzter Kuss

Es war ihr letzter Sommer
Der Abschied, endlos lang
So einsam wards am Flusse
Leis sang sie: „*Gott zum Gruße*"
Es war ihr letzter Sommer
Der letzte Sommerklang

Es war ihr letzter Sommer
So gern denk ich zurück
Wie schön war es gewesen
Am Fluss, im Kiesel lesen
Es war der beste Sommer
Ein kleines Stückchen Glück

Es waren die sanften starken Töne
Dies zarte Mädel da auf dieser großen Bühne
Es sang so – ach, ich weiß nicht wie
Und es traf mein Herz, wohl irgendwie
Ich dachte erst: *Was die schon will*
Die sieht so seltsam aus
Und eines abendlichen Liedes dann
BACK TO BLACK
Ich wollt sie hörn
Und sehn
Ich war verzaubert, irgendwie
Sie sang so, ach, ich weiß nicht wie
Sie traf mein Herz wohl irgendwie
Da war so viel Liebe
Und auch Traurigkeit in einem
Ein Hammer bald
Ein Hammer voll Gefühl
Ich staunte
Und sie
Sie sang einfach nur
Ein Sprung von einem Ton zum andern
So leicht und so gekonnt
So einfach doch, ja, so einfach auch
Und
Wie mochte sie wohl gewesen sein
Vielleicht manchmal allein
Oder nicht
Oder doch
Oder doch nicht
Ein Meer der Töne
Und der Tränen

Sie schwang sich
Fast wie ein Kind, verspielt und gierig wohl
Auf irgendwas
Von einem Song zum andern
So leicht, solch eine Leichtigkeit
Solch eine Bescheidenheit
Doch
Sie wollte leben, wohl, vielleicht
Und
Durfte sie es je
Noch hör ich sie
Doch schon bald ist jener Song zu Ende
Wie auch der nächste
Und der nächste
Und
Dies zarte Mädel da auf dieser großen Bühne
Es sang so
Ach, ich weiß nicht wie
Irgendwie hat sie mich schwer getroffen
Sie traf mein Herz wohl irgendwie
Und
Ihr langes schwarzes Haar verwehte sanft
Ein letzter lauer Wind
Und

(For Amy Weinhouse)

Wir hatten diese Zeit

Wir hatten diese Zeit
Jenseits aller Regeln
Dort in San Diego
An diesem wundervollen
Strand der Seligkeiten
Du bist mir im Herzen
Noch geblieben
Und wirst es immer sein
Und bist doch fort
So weit
Dort in San Diego
In dieser wundervollen
Stadt der schönsten
Märchen

Ein Lied für Dich und mich
Ich hör es noch
Und sing es leis
Es war wohl unsere Zeit
Dort in San Diego
An diesem geheimnisvollen
Strand aller Sehnsüchte
Und aller Träume
Die wir hatten
Ja, wir hatten diese Zeit
Sie ist für immer in mir
Und auch in Dir
Wie dieses Märchen

Wohl wird sie wieder sein
Jene Zeit mit uns
Ich werde wieder da sein
Bei Dir
Dort in San Diego
An jenem weißen
Strand der Hoffnungen
Dann werden wir uns küssen
Lieben und uns nie mehr
Trennen
Ich summ noch unser Lied
Dort in San Diego
Ja, wir hatten diese Zeit
Der unbeschreiblich
Schönen Träume
Die Zeit wird wiederkommen
Dann werden wir zusammen sein
Dort in San Diego
In unserem Märchen
Von einer Frau und einer andern

So gegen 4

Es hat geklingelt früh um 4
Sie öffnete die Wohnungstür
Die Kinder schliefen noch ganz fest
Im Haus vorm Wald, beim Vogelnest

Die Polizei hat nicht gefragt
Es war ein regnerischer Tag
Man nahm den Papa einfach mit
Steuerbetrug
Zu viel vom Glück

Sie hielt ihm stets den Rücken frei
Doch er sah nur das Geld dabei
Im Knast gestand er ihr stupid
Dass er schon längst 'ne Andere liebt

Da stand sie nun, allein und arm
An diesem Morgen, der nicht warm
Das letzte Geld war schnell verbraucht
Sie trank nie Schnaps, hat nie geraucht

Beim Einkauf dann im Laden-Eck
War ungedeckt der letzte Scheck
Der letzte Groschen blieb für Brot
Kredit und Konto: *alles tot*

Total am Ende und zerstört
Schien ihr das Leben nichts mehr wert
Auf einer Brücke stand sie da
Und wusste nicht mehr, was geschah

Dort unten in dem tiefen Fluss
Schien ihr des Lebens letzter Gruß
Sie wollte springen – *setzte an*
Da hielt sie fest ein starker Mann

Er zog sie auf den Weg zurück
Und fragte leis: *Ist das dein Glück*
Sie zitterte am ganzen Leib
Und Tränen tropften auf ihr Kleid

Die beiden fuhren heim zu ihr
Es war so zwischen 3
Und 4
Längst schliefen ihre Kinder tief
In jener Nacht, die krumm und schief

Der Mann blieb bei ihr, half ihr viel
Zunächst war´s schwer und gar kein Spiel
Doch irgendwann ging´s aufwärts doch
Sie kämpfte sich aus diesem Loch

Bald zogen sie zu ihm ins Haus
Hier sah es ruhig und friedlich aus
Die Kinder liebten diesen Mann
Der neue Papa war´s sodann

Am Ende fand sie einen Job
Verdiente wieder
Dankte Gott
Ein neues Leben nun begann
Mit ihren Kindern und dem Mann

Da klingelte es in der Nacht
Sie schlich zur Tür sich ziemlich sacht
Ihr Ehemann kam aus dem Knast
Und meinte, dass er viel verpasst

Lang schaute sie ihn schweigend an
War da noch Liebe zu dem Mann
Sie sagte „Nein" und schloss die Tür
Und es war morgens
Gegen 4

Me Too – An die Frauen

Längst scheint jedes Wort gestorben
Was ist jetzt aus ihr geworden
Wo sind all die schönen Jahre
Grau sind längst die blonden Haare

Immer durchgekämpft im Leben
Immer Liebe auch gegeben
Trotzdem keinen Dank erhalten
Trotzdem immer durchgehalten

Manche Männer machten Witze
Ziemlich böse
Ziemlich miese
Sie ist eine Frau geblieben
War nie schräg und nie durchtrieben

Hat den Kopf stets hochgehalten
Da im Spiegel – erste Falten
Hat die Kinder großgezogen
Ganz allein
Und ungelogen

Dann der neue Mann: *Ein Schläger*
Ein gemeiner Frauen-Jäger
Lang hat sie es nicht gesehen
Heut kann sie sich gut verstehen

Ab jetzt:

Lasst Euch nicht von Männern knechten
Lebt den Tag
Den guten, echten
Seid ganz Frau und seid ganz Dame
Ihr seid stark
Mit Witz und Charme

Tanzt den Weg durch Euer Leben
Ihr sollt lachen
Ihr müsst reden
Zählt im Spiegel nie die Falten
Ihr müsst leben
Selbst gestalten

Auf die Frauen
Auf die Liebe
Ihr habt Rechte – seid nicht müde
Neue Worte sind geboren
Euer Kampf ist nicht verloren